बताशा

AF834781

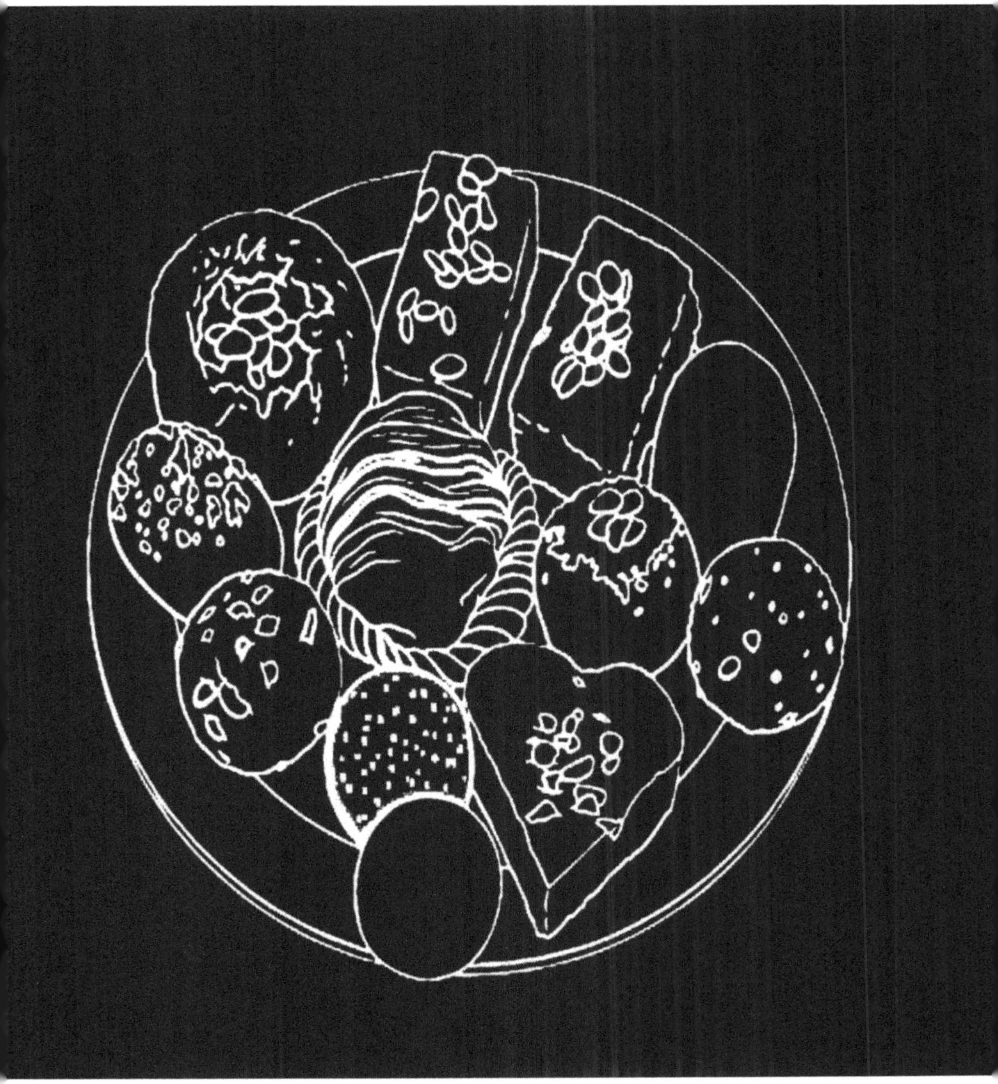

बताशा

कुछ लोगों का होना घर सा लगता है,
फिर दर्द भी मरहम सा लगता है

चाशनी में डूबा हर लम्हा लगता है,
कुछ लोगों का होना घर सा लगता है

अपनों का होना बताशा जैसा है

मेरी जिंदगी का बताशा तो मेरा छोटा भाई है, मेरी बड़ी बहन सुनीता,
मेरी माँ लड्डू, मेरे पापा अप्पारी
मेरे बच्चे एलिज़ाबेथ उर्फ़ गुड्डू और हबीबी उर्फ़ टिड्डा है..
आपके कौन हैं?

इन कविताओं को पढ़ते दौरान जो शक्श भी आपके जेहन में आएगा
तो मान लेना कि वो आपका बताशा है

मेधा तूर

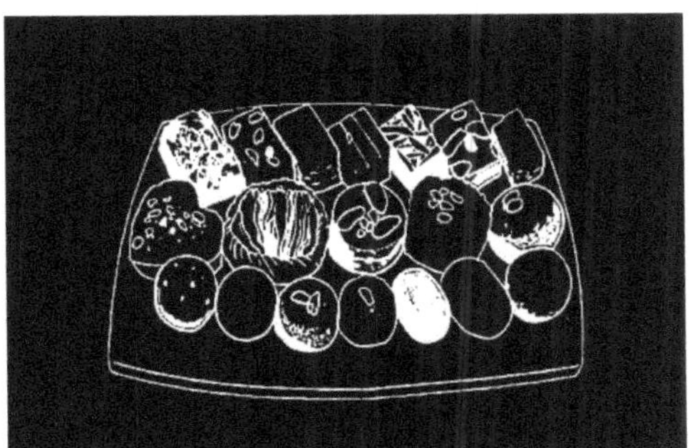

बताशा

रात भर जागकर मैंने एक काम कर दिया,
पलकों से लिखकर चाँद तेरे नाम कर दिया

गुमनाम इश्क़ था जो कल तक,
आज उसको सरेआम कर दिया

दिल ही दिल में चाहा था तुझे अब तक,
देख, आज मैंने अंधेरों से निकलकर
अपनी मोहब्बत का इकरार कर दिया

कुछ खोए हुए से दिल हमको,
वादियों में टकरा जाते हैं
कुछ सरफ़िरे से हम,
उनसे मिलकर शरमा जाते हैं
अब कैसे कहूँ,
के मैंने क्या-क्या सीखा है
जो अक्सर वो बिन कहे सिखा जाते हैं

–

वो कहते हैं

कहने को तो ज़माना है,
फिर हमें तुम्हीं क्यों मिले

वो कहते हैं, यह वाजिब है,
जो यूँही हम मिले

दिल लगाने पर तो हरजाना है
फिर हमें मुनाफे क्यों मिले

वो कहते हैं, यह मोहब्बत है
जो गर्दिशों में दिल खिले

रुस्वाइयों का तो दस्तूर पुराना है
फिर हमें पाक फितूर क्यों मिले

वो कहते हैं, यह रूह-ए-हिफ़ाज़त है
जो बंदिशों ने भी, लब ना सिले

छुपने में, तो हर दर्द सयाना है
फिर हमें ताबीर-ए-मरहम क्यों मिले
वो कहते हैं, यह शहादत है
जो बरकत में तबदीले हर शिकवे-गिले

दूरियों का तो काम बरगलाना है
फिर हमें कुर्बत के पल क्यों मिले
वो कहते हैं, यह इबादत है
जो डगमगाते वजूद भी न हिले

कहने को तो हर खज़ाना है
फिर सुकून क्यों तुझसे मिले
वो कहते हैं, यह नज़रिया है
जो हर ज़रिए से जा मिले

अंदर सिमटा हुआ मेरे, यूं तो
कोई महरूम फ़साना है
दिल मेरा ख़ुद, ख़ुदा का ठिकाना है
दिलचस्प नहीं, बस एक मगरूर अफ़साना है

वो कहते हैं, यह लतीफ़े हैं इश्क़ के
जो लगे गम भी बेगाना है,

कहने को तो ज़माना है
फिर तुम्हीं क्यों मिले..

प्यार मेरे होठों के माध्यम से,
सिर्फ तुम्हारे बारे में बात करता है

मैं- प्यार हवा में है,
प्यार मेरे दिल में है

वह- महोदय आप प्यार कर रहे हैं
यह जोखिम भरा है,
यह आपको तोड़ भी सकता है

मैं- क्या आपको पूरा यकीन है?
वह- तुम पर, हां

मैं आपसे मिलने से पहले
पूरी तरह से कोई और था

आप इकलौते ही हो, जिसने मुझे संभाला है

अब जो भी सुंदर चीज़ें हैं,
जो मुझमें मौजूद हैं

ये सभी के सभी रंग,
आपके द्वारा दिए गए हैं मुझको,
मैं यहाँ तुम्हारी वजह से हूँ

बताशा

मेरा दिल संतुष्ट नहीं है,
मेरी आँखें संतुष्ट नहीं हैं

इस बात से कोई फरक नहीं पड़ता,
कि मैं आपको कितनी देर तक देख रहा हूँ,

समय बीतता जाता है,
और मैं समय को रोकने में विफल रहता हूँ

अब मेरे दिल में, बस तुम हमेशा के लिए रहो

खुदा का तोहफा

मुझको; हर लम्हे से कीमती तू
हर ख़्वाहिश से कीमती तू,
मेरा मुक़द्दर तू
मेरा नन्हा फ़रिश्ता तू

तुझे नहीं ख़बर, के तू क्या चीज़ है
पर मुझको, रब से बड़कर तू
नवाज़िश-ए-बरकत तू

सुना था उसका दिया एक तोहफ़ा, तुम्हें निखारता है
मेरा तोहफ़ा इतना ख़ास, जो मुझे सवारता है

मेरी नन्ही जान, मेरा तुलु-ए-आफ़्ताब है तू,
होंगे दुनिया में नवाब बोहोत
पर जो सिर्फ़ किस्मत वालों को मिले
ऐसा नूरानी ख़्वाब है तू,
मुझको बख़्शा, ख़ुदा का रुबाब है तू

बिगड़ा नहीं था मैं,
बस नफ़रत ने बदल दिया था मुझको
फिर जब ख़ुशी गले पड़ी
तो मेरे लहज़े में तहज़ीब झलकने लगी

ऐसी बेपरवाह मुस्कराहट का हम क्या करें,
इसे दिल में उतारें या जाने दें,
इसे खुद से मिलाएं या बहने दें,
टूटे हुए दिल भी खिल उठे, गर एक नजर भर ले तुम्हें,
क्या चीज़ हो तुम, तुम्हें जताएं या जाने दें

मेघ से नैन मोरे,
तेरे आँगन में अंधिया गए,
सावन मान तुझे ही,
तेरी खुशबू में समा गए

चल बादलों की एक कश्ती बनादूं,
साथ ले चलूं तुझे।
चल दुनिया को तेरा दीदार करादूं।

चल तेरे ख्वाबों का बाग़ान सजादूं,
पंखों से जड़ दूं तुझे।
चल खुले आसमान में तेरी जगह दिखादूं।

यादें

यादों के आईने में,

मैं तुझे छुपाए बैठी हूँ,

तू गर साथ नहीं मेरे, तो क्या हुआ,

तू गर पास नहीं मेरे, तो क्या हुआ,

तेरी महक खुद में सजाए बैठी हूँ

जिसमें तू है बसा, ऐसा जहां

अपने अंदर बसाए बैठी हूँ,
फिर क्या फरक पड़ता है, तेरे होने ना होने से,

ऐसा क्या बदल जाएगा, तुझे दोबारा पाकर खोने से,

तू कल भी मेरा ही था, आज भी मेरा है और मेरा ही रहेगा,

मैं तो तेरी नामंज़ूरी को भी कबूले बैठी हूँ,

मैं तो तेरा जिक्र पिए बैठी हूँ

जिन्दगी आफ़ताब होती,
गर तू मेरे साथ होती
अब नहीं, तो न सही,
गर होती, तो बड़ी दिलकश
अपनी मुलाक़ात होती

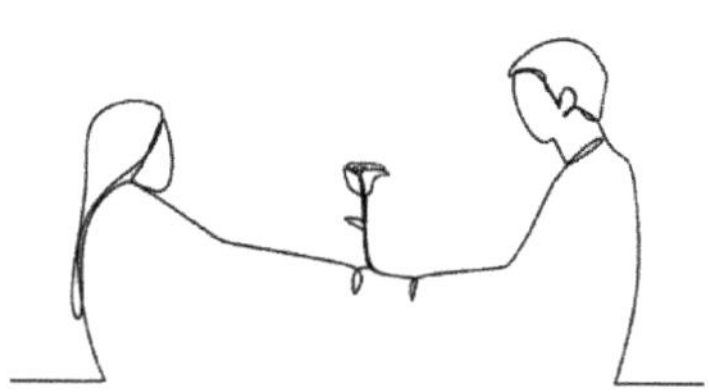

सही इंसान की नज़रों में झांक कर तो देखो,
तुम खुद को सबसे महज़ाबीन पाओगे

किसी अजनबी को अपना बना कर तो देखो,
तुम खुदा के अज़ीज़ कहलाओगे

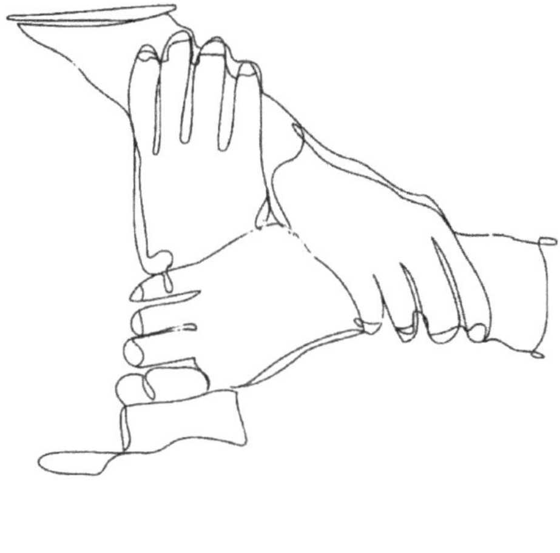

आज भी,
तुम मेरी यादों की किताब का
सबसे हसीन पन्ना हो,
जो भूलकर भी, ना भूले,
ऐसी आतिश तमन्ना हो

तुम वो हो,
जिसकी मैंने कामना की थी
खुदा क़सम, जिसके लिए मैंने
जन्नत तक गवा दी थी

मैं तुमसे मोहब्बत करता हूँ,
तो आओ,
एक टूटा तारा पकड़ लो,
सपना सजालो मेरे कंधों पर,
आओ आज,
छोटा सा घर बून लो

मैं हज़ारों सदियाँ ठहर जाऊँ
तुम्हारी ख़ातिर,
उस प्यार के इंतज़ार में
जो मैंने देखा था तुम्हारी आँखों में
उस रोज़, कहीं ना कहीं
गुमसुम सा, थोड़ा गुपचुप सा
जैसे हो उसको तलाश कोई

नैनों से पी लूँ
या इन लबों को सीह लूँ,
आज जाम से कुछ फ़ासला ही सही
आ आज मैं तुझी में जी लूँ

बड़े दिन हो गए,
आओ ज़रा अपनों से मिलकर आएं,
मेरा सूरज हैं मेरे अपने,
आओ एक डाली पकड़ ले और उनको तोड़ लाएं।

लोगों से दूर,
मुझे खुद के पास
अच्छा लगता है,

इन पेड़ों, पौधों, हवा-पानी
और पहाड़ों का साथ सच्चा लगता है,

मेरी हर सांस प्रतीक है मेरे अपनों का,
मेरे सलीके में उनका हर शन मेरे समक्ष होना झलकता है,

और क्या ही फरक पड़ा
लोगों के आस-पास होने का भी अब तलक मुझ पर,
जब भीड़ में होकर भी मुझे अपना साया ही घर सा लगता है।

मिले बिना भी अगर कोई प्यार होता है

जताए बिना भी अगर कोई
इकरार होता है

कबूले बिना भी अगर
इख्तियार होता है

वो मुझे तुझ से है

बस तुझ से।

दिल में जो बातें हैं,
उन्हें बतला नहीं सकते।
क्या करें इतने दूर जो हैं अपनों से,
सच बोलकर उन्हें सता नहीं सकते।

दिल्ली

बातें खुद से बहुत करते हैं,
अपनों की राह तकते तकते।

कनाडा

भीड़ में होना
या अकेले होना
मुझे तुझ बिन सब एक ही सा लगता है

तेरा यहाँ ना होकर भी होना
एक जादुई सपना सा लगता है

कैसे कर लेता है तू ये सब?

मेरी सुनीता बहन

सरल, स्पष्ट और नादान
कुछ गर दे भी पाऊं तुझे जिंदगी में
वो भी कम ही पड़ेगा
तेरा प्यार है ही इतना महान
कायनात की शोहरत भी ले आऊँगा जो मैं गर,
तो उस पर भी भारी पड़ेगा।

तू मेरी ज़िंदगी में आयी
इसका शुक्रिया अदा किसको ज़ादा किसको कम करूँ,
तेरा क़र्ज़ बहुत चढ़ा है इस दिल पर
तेरी सेवा कर मैं जितना बन सकेगा हर जनम भरूँ।

अगले जनम भी तू मेरी बहन ही बनके आना
इस दफ़ा ज़रा देर से आयी थी,
अगली दफ़ा तू जल्दी चली आना।

तू गुलाब खुले आसमान का,
और मैं हूँ कमल तालाब का।

सारा जादू तेरा किया है,
मैं तो बस मुसाफिर हूँ,
तेरी सजाई कायनात का।

तू कहे तो सवेरा , तू कहे तो रात,
ख्यालों में मेरे,
तारे भी करते हैं इंतजार माँ,
तेरे जवाब का।

तू बहुत दूर है मुझसे फिल्हाल,
पर पास भी है,
तेरा साया मेरे साथ ही है।

सूरज चढ़ता नहीं उगता है,
वो थकता नहीं गिर-गिर कर संभलता है,
उसे अफ़सोस नहीं चाँद के दीवानों का,
वो तो मालिक है स्वतंत्र आसमान से पनपे खज़ानों का।

अभी-अभी तो आए थे
और अब जाने की बात करते हो

कैसे आशिक हो यार तुम
एक पल को सपना दिखाते हो
और दूसरे पल दिल दुखाने की बात करते हो

अभी-अभी तो आए थे
और अब जाने की बात करते हो

उम्र भर का साथ है अपना
हर पल साथ निभाने की बात करते हो
दूर होने को होते हो जब तलक
उसी पल जल्दी लौट आने की बात करते हो

कैसे आशिक हो यार तुम
एक पल में तन्हा
और दूसरे पल दिल आबाद करते हो

अभी-अभी तो आए थे
और अब जाने की बात करते हो।

दूर देशों पार,
एक राजमहल बसाएंगे
तेरे-मेरे ख्वाबों को साकार कर दिखाएंगे

भीड़ का हिस्सा नहीं बनना
हम तो ज़मीन पर ही आकाश गंगा बुलाएंगे
तू है तो अमर प्रेम है
अगर खुशकिस्मत होना इसे ही कहते हैं
तो हां, तुझ संग अमर हूँ मैं

इससे ज़्यादा और क्या चाहत रखूं मैं
तेरे साथ होने का,
हर पल पास होने का
आभार व्यक्त जितना कर सकेंगे
उतना अंतिम सांसों तक निभाएंगे।

कैसे कहूँ

तुम क्या उसको आसमान के बारे में बताओगे,
वो तो चाँद पहनती है आँखों में,
और सूरज को रखती है बाहों में

तुम क्या उसको अंदाज़ सिखाओगे,
नज़ाकत ख़ुद शरमाती है
उसकी अदाओं पे,
वो तो इश्क़ करती है हवाओं से

कैसे कहूँ,
बेहद ख़ूबसूरत है वो अफ़वाओं से,
नज़र भर करने तक तरसते हैं उसको
हम अपनी इन निगाहों से

कैसे कहूँ,
कितनी सुंदर है वो
जैसे ख़्वाहिश बरसी हो फ़िज़ाओं से

आसमान के सितारे,
देखो सारे टिम-टिमारे,
तुझसे इश्क़ करने को, बेचैन बिचारे।

मैंने तारों से पूछा

मैंने तारों से पूछा,
क्या वह लड़की बड़ी ख़ास होगी?
जिसे चाहूँगा मैं रब से बढ़कर,
ज़रूर उसमें कुछ बात होगी,

मैंने चाँद से पूछा,
क्या मेरे और उसके इश्क़ में वह आग होगी?
जो जलाए हर ज़हर को
और मोम सी जिसकी मिसाल होगी,

मैंने आसमान से पूछा,
मेरी मोहब्बत हो मुकम्मल,
जब तलक क्या कायनात पूरी मेरे साथ होगी?

के वो भी चाहे मुझको बेसुध, हर हद, हर तड़प तक,
उस पहर क्या रब से मेरी मुलाक़ात होगी?

क्या वह लड़की बड़ी ख़ास होगी?

हर शाम हसीन है,
गर तू साथ खडी है,
हर दर्द में ख़ुशी है,
गर तेरे चेहरे पर हँसी है,

हर पल यहीं है,
जैसे कुछ बदला ही नहीं है,
क्योंकि तू धड़कन है मेरी,
मुझ में तेरा ज़िक्र, कहीं ना कहीं है,
जो छुपाए छुपता नहीं है

ज़माना ना सही,
मगर इस दिल को हमारे
फकत तेरी पड़ी है...

उनसे मोहब्बत है मुझको,
ये कैसे मैं बयां करूँ
के सपनों में तो मना लूँ उसे,
पर असल कैसे अदा करूँ,

उनसे मोहब्बत है मुझको,
ये कैसे मैं बयां करूँ

दिल को भाए जो,
उसे दूर से नज़ा करूँ,
और करीब हो जाऊँ उसके,
के ख़ुद को भी मैं फ़ना करूँ,

उनसे मोहब्बत है मुझको,
ये कैसे मैं बयां करूँ

चाहूँ उसको चाहत से ज़्यादा,
ठहरे जो उसके लबों पर ऐसी दुआ बनूँ,
के रूह की भी रूहानियत उस पे
किस कदर मैं फ़िदा करूँ,

उनसे मोहब्बत है मुझको,
ये कैसे मैं बयां करूँ

गर ख़ुदा दे
वो जनत-ए-इज़हार का मौका, हमें भी एक दफ़ा,
तो मैं रब से ज़्यादा अपने इश्क़ से वफ़ा करूँ

उनसे मोहब्बत है मुझको,
ये कैसे मैं बयां करूँ

सदियों से होकर तुझसे बेखबर,
दिल में तेरे क़ैद हूँ मैं

खो कर भी, हर नज़र हर सब्र,
क्यों तुझसे मिलने को बेचैन हूँ मैं

दूरियाँ हैं जो दरमियाँ,
क्यों दूरियाँ लगती नहीं

हमनवा मेरा जहां, मैं भी तो हूँ वही
कैसे तुझसे दूर हो कर भी, तेरे ही आस पास हूँ मैं,
तू भी तो ज़रा
अपनी धड़कनों से पूछ कर देख,
क्या उन्हीं की आवाज़ हूँ मैं?

माना दग़ार मुश्किल है,
आग का भवंडर भी है
मगर उस पार एक प्यारा सा घर भी है

दे जो साथ तू मेरा,
फिर यारी मैंने डर से भी की है

साथ चल तू बस मेरे,
इस दिल पर रख यकीन,
चल, आँखों से दिखाता हूँ मैं तुझे,
अपना आने वाला कल हसीन,
करले इत्मिनान फिर इस सच पर,
जल्द होगा यह हक़ीकत, आमीन

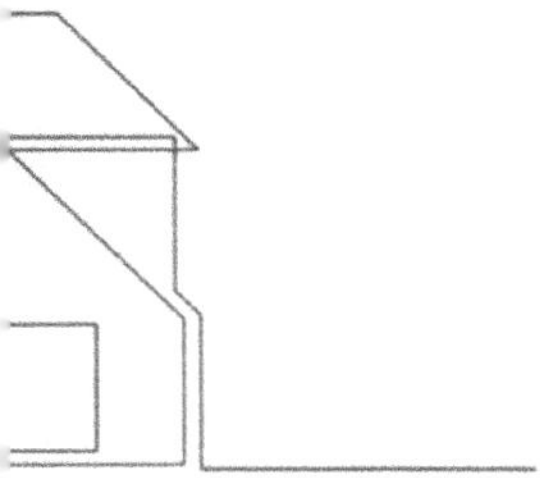

दे जो तू साथ मेरा,
फिर ख़ुदा से भी चीन लूँगा तुझे ए-दिलनशीं
आँखों का आँखों से वादा रहा,
मरते दम तक रहूँगा तेरा मुंतज़िर,
जो कभी थामा तूने दामन मेरा
और चून लिया मुझे अपना ज़ेहनासीब,
फलक तेरा बिछोना, दुनिया तेरा खिलोना
पूरी दुनिया सज़ादेगा ये तेरा फ़कीर

बिछड़ा जो तू मुझसे,
ये दिल ना फिर जी पाएगा
रहता है जो एहसास बनके दिल में,
वो नाजुक ख़्वाब बिखर जाएगा,
ये दर्द मोहब्बत का दोबारा न कभी,
ये दिल अपने गले से लगाएगा

फिर बेशक तन्हा ही मर जाएगा,
तन्हा ही मर जाएगा

इशारे दिए हमने उनके
सोए हुए इरादों को,

इल्म नहीं था उनके
खोए हुए नजारों को,
कि मंजरों से शरमाते नहीं,
और अपनों से घबराते नहीं

शायद बहकाया गया था उनको,
हमने तो साफ़ बोल दिया उनसे,
अपने सपनों से यूँ निगाहें चुराते नहीं,
ख़ुशनसीब हैं आप
ऐसा ज़हीन तोहफ़ा ठुकराते नहीं,

ज़रा होसला कीजिए
मौका यह खो न जाए कहीं।

आँखों में उनकी
हमने देखे चाँद सितारे,
आधे-आधे से थे हम,
हो गए पूरे
जब वो हुए हमारे

तूने वादा किया था
तू आएगा उस पार,
तोड़ कर ज़माने की हर दीवार,

दीवाने थे हम
जो मोहब्बत करने लगे थे,
इस दुनिया से अलग होकर
हम सवरने लगे थे,

पहली बार
यह धडकता हुआ दिल
महसूस हो रहा था,
जब एक दिल, दूसरे में
खो रहा था

परी है वो जन्नत की
उसे जन्नत में ही रहने दो,
ज़मीन पर जो उतरी वो
तो इस तपिश का हम क्या करें

कशिश सी है सीने में
के काश वो मेरी हो जाए,
बाहों में रहे बंद मेरी
और मुझ में ही वो खो जाए

जिंदगी बेमतलब थी
जब तक हमें वो न मिली,
आज जो वो पास है
कुछ अलग ही एहसास है,
एक तन्हा सी बेसुध प्यास है

जो उसके साथ होने, या न होने से
बुझेगी नहीं, थमेगी नहीं
जो हर गुज़रते पल के साथ बढ़ रही है,
जिस्म नहीं उसकी रूह का पीछा कर रही है

ये मेरे दिल की आवाज़ है
जो उसे ढूंढ ही लेती है,
इन दायरों के बावजूद भी
मेरे इतने करीब कर देती है

तुम्हें दिल में छुपा कर भी रखते, तो बताओ कहाँ रखते,
कितने दर्द जीए बैठे हैं, काश तुम्हें जता सकते

हमारा

बेरह भटकती जिंदगी का किनारा है तू,
मेरी खुशहाली का ठिकाना है तू,
मेरे मायूस चेहरे पर हँसी लाने का बहाना है तू

अजीब है यह रिश्ता हमारा,
पर जैसा भी है, मुझे सारी कायनात से प्यारा,
बेवफ़ाई से परे जैसे कोई धड़कता शरारा,
या सुनी रात में कोई पागल झूमता आवारा

मेरी जिंदगी का तूही सहारा,
मेरा जहान है तू, मेरा झिलमिल सितारा,
बेपनाह मोहब्बत है तुमसे,
ले आज मेरे दिल ने इकरारा

तू दिल के सुकून का दिलकश नज़ारा,
जो भी है, जैसा भी है, तू है बस हमारा

आज मैं तुम और हम

जिंदगी लायी है हमें यहाँ जनाब,
कोई वाजिब इरादा तो रहा होगा

लम्हा यह ख़ास
जो अभी आपके पास है,
खोकर इन अज़ीज़ लम्हों को
सारी कायनात उदास है

थोड़ा मुस्कुराना आप भी सीखिए
आख़िर इन्हीं में तो छुपा
असली एहसास है

वक़्त है जो फिसल रहा है
शायद कोई अपना है पीछे
जो बिछड़ रहा है

यह दुनिया है जनाब
इसका फेरबदल तय है,
लेकिन इन जज़्बातों के बीच ही कहीं
सिमटा हुआ आपका आज,
दरहसल ख़ुशी में झूम रहा है

ऐसी हो मुस्कान
कि दिल, दिल में मिल जाए
और खबर भी न हो,

ऐसी हो अदा
कि होश भी मदहोश हो जाए
और नशा भी न हो,

तेरे सुरूर में ही जी लेंगे
मगर तू मयासर तो हो

मोहब्बत है तुमसे,
जो इस दिल से उतर कर जाती नहीं,
एक तुम हो,
जो सब जानकर भी
इस दिल को अपनाती नहीं

इस कदर चाहती हूँ तुझको,
के अभी जताना भी आता नहीं,

दिल ही दिल में जो बातें करती हूँ तुझसे,
के अभी उन किस्सों पर खुलकर, शरमाना भी आता नहीं,

आँखों को तो तू भी बखूबी पढ़ लेता है,
के अभी मुझे प्यार को छुपाना भी आता नहीं

इतना करीब होकर भी मुझसे,
क्यूँ तू मेरी बेचैनियाँ समझता नहीं,
मेरे अधूरे इश्क की खबर तक रखता है,
पर क्यूँ उसे मुकम्मल करता नहीं

आज भी तेरी अदा में कुछ बात है,
जो देख ले तुझे एक नजर,
उसके लिए तू बिन मौसम बरसात है

छूले तुझे जो खुशनसीब रहगुज़र,
उसकी तो ज़िंदगी आबाद है,
तू भी तो मान जा, उसमें कुछ ख़ास है

इस लम्हे में प्यार नहीं तो क्या हुआ,
चढ़ाव-गिराव तो ज़िंदगी का इतिहास है

तू साथ तो चल मेरे ज़रा,
आशिक़ाना मंज़र आस पास है

हाँ, होगा

जो मुस्कराहट है तेरी,
उसे तेरे गमों ने पाला होगा,
अभी अंधेरा है तो क्या हुआ,
एक दिन तेरे आसमान में भी
उजाला होगा

जो स्वभाव है तेरा,
उसे तेरे जख्मों ने संभाला होगा,
अभी दिल बिखरा है तो क्या हुआ,
एक दिन इन बिखरे टुकड़ों का भी
मजबूत किनारा होगा

जो आंसू हैं तेरे,
उसे तेरे गुस्से के माँझे ने बांधा होगा,
अभी बंदिशें हैं तो क्या हुआ,
एक दिन एक-एक बूंद पर
बस सिर्फ हमारा होगा

जो दिल में है तेरे,
उसे तेरे लबों ने सवारा होगा,
असलियत अभी भी गुमनाम है तो क्या हुआ,
एक दिन हर शब्द पर
हक़ सिर्फ हमारा होगा

इश्क़ में बहुत दम होता है,
दिलों का मिलना
तो उनका इनायतें करम होता है,
दो दिल तो सिर्फ़ इश्क़ के मेहमान होते हैं,
फिर चाहे मोहब्बत में जिए या मरे,
दोनों ही इसके क़दरदान होते हैं

बातें हैं उसकी दिल नशीं,
क़ाबू दिल पर रहता नहीं,
अपना सा मुझको लगता है,
जैसे रहता हो मुझमें ही कहीं

कहने को तो है दोस्त कई,
पर उसकी है हर बात नयी,
अदा में उसकी जादूगरी,
सच्चा मेरा यार वही

भोला सा, वो प्यारा सा,
आफरीन आफरीन

बताशा

इतनी मिठास ना चखा ए-सनम,
हम तो कड़वे ही राज़ी हैं,
तू कहता है तो यह दिल धड़कता है
जैसे ख़ुशी अभी भी कहीं बाक़ी है,

लगे जैसे तू है तो फिर क्यूँ
ज़िंदगी मुझसे खफ़ा-खफ़ा सी है,
होना तेरा, दिल के लिए
लगे एक दुआ सी है,
जैसे तेरी बातें
मेरे इस दर्द की दवा सी है

बेवजह थोड़ी मिलना था हमारा,
सारे मौसमों से सुंदर खिल उठना था तुम्हारा

मैं संभले से भी संभलता कैसे,
तेरा आना एक ख्वाब था जैसे

बेवजह थोड़ी था वह सब्र का बादल,
बेवजह थोड़ी था तेरा वह बेहता काजल

सब याद है मुझे

हम कोई बिजली नहीं
जो तुम पर गिरा दे,

हम कोई अफवाह नहीं
जो कोई भी झुठला दे,

हम तो वो जज़्बात हैं
जो बंजर दिलों में भी आग लगा दे

तुम्ही ने छूआ होगा
हवा यूं बेवजह बहकती नहीं,

तुम्ही ने वादा तोड़ा होगा
बादल यूं बिन मौसम बरसते नहीं।

इन आँखों ने पकड़ा है तुमको कई दफा
इस दिल में तुम्हारे हैं दफ़न
कई राज़ कहीं,
इश्क़ तो तुम भी करना चाहते हो
पर जताते नहीं,

तुम मोहब्बत से नहीं घबराते
बेवफ़ाई से डरते हो,
वर्ना हमें अपनाने से कतराते नहीं।

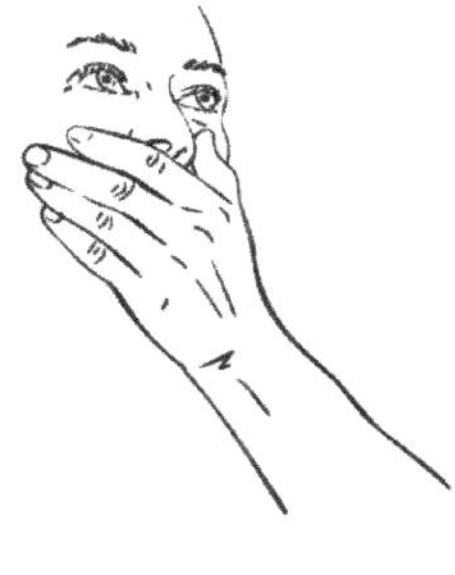

हर जवाब में तू,
फकत मुझको पाएगा,
आज मैं मोहब्बत में हूँ,
कल तू भी इश्क में फन्ना हो जाएगा

माना,
तू गलत नहीं है,
माना,
मैं सही नहीं हूँ
रास्ते ही दगमगा रहें हैं,
मंजिल से भटका रहें हैं,

जाने दे नाप-तोल और नुकसान-मुनाफे,
तू साथ चल बस मेरे,
देख, आज मेरे हौसले मुस्कुरा रहे हैं

कुछ यकीनन हुआ था

मुनासिब था या नहीं
मुझे मालूम नहीं
मगर उस शाम कुछ यकीनन हुआ था,

महफिल में दूर जो खड़ा था
यह दिल उसी पर जा अड़ा था,

नजर ठहरी तो बस ठहर ही गई,
जैसे बीच हवा में मानो
यह दिल बेकाबू हो पड़ा था,

लौट आने को फासला बड़ा था,
मेरी ना-उम्मीदों को
खुला आसमान फिर मिला था

उस एक ही पल में
पहर चले, कई दिन ढले
फिर यूंही हमारे दरमियाँ
जो वो रास्ता भिड़ा था,
तो किस्सा यूं हुआ था
के न दावा किया उसने मेरे वजूद का
न लबों पर उसके कोई सवाल खड़ा था,
बस मोहब्बत होने लगी थी मुझसे
जिसे निभाने का उसने मुझसे
दिल-ही-दिल में वादा किया था

उसकी सच्चाई पर मुझको
यकीन होने लगा था,
यह काफिर दिल फिर खोने लगा था,
शायद उस से तार, ता-उम्र का जा जुदा था

मैं हँसता रहा कुछ देर,
और कुछ छुपता रहा
सेहमा भी कुछ देर,
और कुछ बहकता रहा
कैसे देखें बग़ैर वो मुझको, देखता रहा
अंधेरे में तीर, क्यों फेकता रहा

दरहसल 'वो एहसास-ए-इकरार उसका
हालत से डरा था
रुसवाइयाँ किसे मंजूर थी
पर बरखुरदार; ठुकराए जाने का डर भी तो
बदनाम बड़ा था

हर घड़ी,
हर बात पे,
बिन बात वो लड़ा था

जाने अनजाने ही सही मगर
उसके दिल में बहुत कुछ भरा था

अब उस से क्या ही शिकायत करूँ
वो वक़्त था, जो कड़ा था
इतना करीब होकर भी मुझसे
वो गुमनाम बड़ा था
लाखों की भीड़ में जो शख़्स
बाहें फेलाए मेरे लिए खड़ा था

मुनासिब था या नहीं,
मुझे मालूम नहीं
मगर उस शाम कुछ यक़ीनन हुआ था

लहजे में उसके हजारों राज थे,
रात के साये भी उसके बड़े ख़ास थे

कोशिश तो बहुत की मैंने तुझसे छुपाने की,
यह दिल तेरे लिए धड़कता है,

तुझे खो न दूं मैं कहीं
इस बात से तो मेरा
इकरार-ए-मोहब्बत तक डरता है

मुझे बस यह चाहिए

दो लोग जब साथ होके भी, साथ नहीं होते,
पहले जैसे उनके जज़्बात नहीं होते,
मुझे ये सब नहीं चाहिए

पहले चुम्बक सा लगाव,
फिर बिछड़न वाला घाव,
मुझे ये सब नहीं चाहिए

साथ-साथ ख़्वाब सजाना,
फिर उनको आग लगाना,
सोच कर ही दर्द होता है यार,
कैसा होगा ये प्यार,
मुझे ये सब नहीं चाहिए

मुझे तो बस चाहिए,
कुछ 4+4 एट से जादा वाला,
जुगनू से भरी रात में, जैसे इंद्रधनुष निराला,
कोई ऐसा जो तोड़ दे, मेरी फुटी किस्मत का ताला,
जो रोज़ पूछे, "कैसी है मेरी मधुबाला?"

मुझे सूरज नहीं बनना किसी का,
ना खुद के लिए चाँद चाहिए,
मैं तारा हूँ, हमसफ़र भी सितारा चाहिए

जो साथ जले मेरे,
साथ चमके,
मेरे अगल बगल तिम तिमाए,
बस हर रोज़ मुझको ऐसा दर-किनारा चाहिए

मुझे साथ रहना है किसी के उम्र भर,
उसकी आज़ादी,
उसका वक़्त बन कर,
मुझे बस यह चाहिए।

हलाल

हमें उसका खयाल भी आया
एक सवाल की तरह,
सामने से उसका पैग़ाम भी आया
कुछ मलाल की तरह

आवारों सा तड़पाया मुझे
बच्चों सा फुसलाया मुझे,
और ख़ुद निकली
एक सुंदर बवाल की तरह,
मदहोश सा जो करदे ऐसी चाल की तरह

हाँ,
किसी चाशनी में डूबे
ख़ूबसूरत जाल की तरह

किसने सोचा था
मोहब्बत इतनी सुंदर दिखेगी,
हुबाहू, ख़ुदा-ए-बरतर की तरह,
अब तो निसार होना मन्ज़ूर हमें
आफ़ताब-ए-हलाल की तरह

कैसे शुक्रिया अदा करूँ उनका,
जिसने इस हैरान दिल की सनक भड़कादी,
बेकाबू मशाल की तरह

मैं तुम्हारे बारे में बहुत सोचती हूँ,
ना मिल पाऊँ जिस रोज़ तुम्हें,
उस लम्हे को अनगिनत दफ़ा कोसती हूँ

आज कल रौशनी कब अंधेरे में बदल जाती है,
मालूम नहीं पढ़ता,
मैं तुम्हारी झलक हर पहर खोजती हूँ,
मैं तुम्हारे बारे में बहुत सोचती हूँ

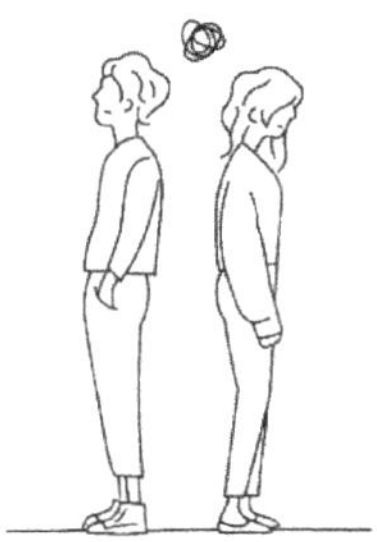

एक कशिश सी रहती है तुझे पाने की,
तू साथ ज़रूर है मेरे मगर,
तेरे दिल को पाना अभी बाकी है

ऐसे ना देख मुझको
कोहराम उठ जाएगा,
सालों से जो दफ़न है अंदर
वो राज़ खुल जाएगा,

तू तो मेहज़ एक मुसाफ़िर है
चंद रोज़ का,
पर हमारा तो सारा का सारा जहाँ लूट जाएगा

अब क्या नज़ारों में रखा है,
मेरा चेहरा ही काफ़ी है,
जब यह तेरे दिल में बसा है,
फिर भला कैसी उदासी है

अब क्या बहारों में रखा है,
नूर मेरा, तेरी बैसाखी है,
रंग में ढलने को तेरे, मेरा रोम-रोम राज़ी हैं

अब क्या जवाबों में रखा है,
तेरी हँसी ही माफ़ी है,
जिसमें छुपा कर बैठी तू, हुस्न की चाबी है

अब क्या सवालों में रखा है,
तेरी ख़ुशबू ही वफ़ा सी है,
जिस पर कुर्बान सारी ख़ता है, तू वो नज़ा सी है

अब क्या ख़ताओं में रखा है,
रूह से क्या नाराज़ी है,
साथ हैं हम एक दूजे के, यही काफ़ी है

खुश तो एहसास होते हैं,
साथ जब हम तुम हमराज होते हैं,
जादुई हर अल्फाज होते हैं,
ना शिकवे गिले, ना दरमियान ऐतराज होते हैं,
हर पल खुशमिजाज होते हैं,
साथ जब हम तुम इश्कबाज होते हैं

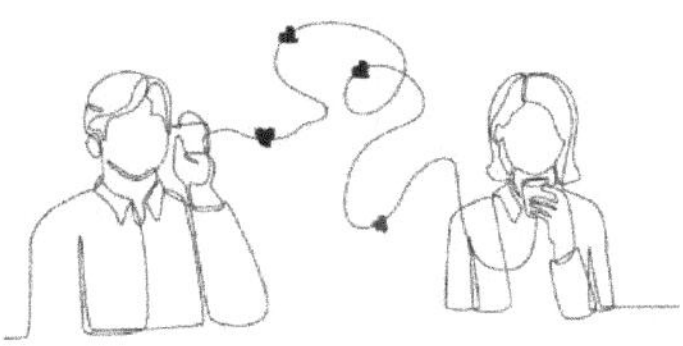

ये अर्जियाँ ठुकराओ ना,
मेरी ख्वाहिशों का तुम हिस्सा बन जाओ ना,
आरजू तो तुम्हारी भी है
मेरे दिल में बसने की,
अपनी सांसों की मर्जियाँ यूं झूठलाओ ना,
तुम मेरे हो, मान जाओ ना

इस दर्द की हमको आदत न थी,
ये प्यार है मुझे है यकीन,
पर दिल क्यों ये मेरा
बात बात पर बेसुध धड़कता है,
बेचैन सा खामोश सा
आज़ाद होकर भी तड़पता है

आज खुद में मुझे होने दे बर्बाद,
खुद से मुझे अलग करके, न कर तू आबाद,
तू चीज़ है ही इतनी नायाब,
आज कर लेने दे मुझे नियत खराब

आपकी बेपाक हँसी के तोह
हम पहले से ही क़ायल थे,
कितनी बार कत्ल करेंगी हमारा, अब तो बक्श दीजिए,
अपने गरूर पर क़ाबू कर लीजिए,
अब जरा अपनी नशीली आँखों को भी झुका दीजिए

दरसल मोहतरमा,
मेरे मज़हब में नशा हराम है,
और आपके पीछे हम पहले से ही बहुत बदनाम हैं

चाहत

तुम इश्क़ हो मेरा,
मेरी वो चाहत हो,
जो मौत से भी मेरे लिए
बग़ावत पर उतर आती है

तुम हो या न हो,
तुम्हारे होने का पैग़ाम दे जाती है

हाँ, अधूरे हैं हम,
हाँ, अधूरे हो तुम,
आ एक दूजे के संग, हो जाए कहीं गुम

इस इंतेज़ार का दामन छोड़ दे,
इस चुपी को तोड़ दे,
इन धड़कनों के रुकने से पहले,
आ मेरी सांसें ओढ़ ले

हैरत

हैरत होती है सबको
तेरी भोली अदाओं पर,
तेरे होने पर यकीन कैसे करूँ,
तुझे अपनी लकीरों में तब्दील कैसे करूँ,
अपनी तक़दीर में तुझे पिरोने को जी चाहता है

दिल में रहते हो,
आप ये सब ज़ुबां से कहते हो
हम कैसे यकीन करलें
चंद अल्फ़ाज़ों पर तुम्हारे,
अभी हमने दिल तुम्हारा
परखा ही कहाँ है

तितली

सब कहा मैंने भी था,
सब सुना उसने भी था,
मुमकिन था साथ आना, मगर
बिछड़न का डर उन्हें भी था

निभाना आता था उन्हें,
उन नजरों में तरकश मंजर भी था,
पर हाथों में फिसलता दामन ही था

दर्द जो था दरमियाँ,
हां झेला था उसने, मगर
सुकून को तड़पा मैं भी था

फिर फासला लिपटा हुआ,
नजदीक यूँ आने लगा,
अपना लो फिर मुझे,
बोल ऐसे दोहराने लगा

जैसे अल्फ़ाज़ कुछ ठहरे जुबां पर,
आंसू भी गिरने को थे,
ज़ुल्फ़ के दामन में सिमटे, कोरे सावन भी थे

फिर यूँ हुआ के,
मौसम फिर नया आया था, बादल वो नये लाया था,
तस्वीर बदल रही थी,
तितलियाँ चेहल रही थी, दिल को बेहल रही थी
फिर,
दिल से दिल जा मिला, के मुरझाया फूल भी उठ खिला

मीलों दूर

मीलों दूर से भी,
सुन सको मेरी आहटें,
मेरे इतने करीब हो जाओ ना

मेरे इस दिल को धड़काना ही काफी नहीं,
इसको अपना बनाओ ना

सपनों में, सिर्फ मेरे हो तुम,
हक़ीक़त बन जाओ ना

मीलों दूर से भी,
सुन सको मेरी आहटें,
मेरे इतने करीब हो जाओ ना

बताशा

शायद मुझे इश्क़ होता जा रहा है

नूर उसकी आँखों का
मुझमें ही कहीं जगमगा रहा है,
ये दिल भी तो हाथों से मेरे
अब फिसलता जा रहा है

क्या करूँ,
शायद मुझे इश्क़ होता जा रहा है

अदा उसकी जैसे काफ़िर नज़र
किसको ढूँढे क्या ख़बर,
सब्र भी तो मेरा
अब फड़फड़ा रहा है

क्या करूँ,
शायद मुझे इश्क़ होता जा रहा है

ठोड़ी देर से ही सही,
माना, ठोड़ी देर से ही सही,
मोहब्बत-ए-कैफ़ियत ने दिखाया अपना असर

जिंदगी के मेहजबीं रंगों से,
आफ़ताब-ए-संगतों से,
उनसे जुड़े ज़ज़्बातों ने मुझे
अमागा करवा दिया
हाय, इश्क़ ने मेरी जान
मुझे कितना सुंदर बना दिया

क्या करूँ,
शायद मुझे इश्क़ होता जा रहा है

आखिर तू संभला नहीं,
आखिर तू माना नहीं,
अब फँस गया ना मझदार में

आखिर तू डरा नहीं,
अब बहने लगा ना उसके प्यार में,
खोने लगा उसके खुमार में

आखिर तू डूब गया ना,
इश्क़िया निगाहों के बाज़ार में,
जीने लगा ना उसके करार में

आखिर तू

सजदा

बेजान सी मेरी मौजूदगी का,
तूने इमान बढ़ा दिया,
मुझे जिंदगी जीने के
काबिल बना दिया

आँखों में मेरे
छुपे थे जो दर्द हज़ारों,
उन्हें तूने किनारा दिखा दिया,
आज साँसों में मेरी तूने
बेफिकर जोश जगा दिया

मेरी कसम है तुझको,
के तू रूठ जाना बेशक हज़ारों दफ़ा,

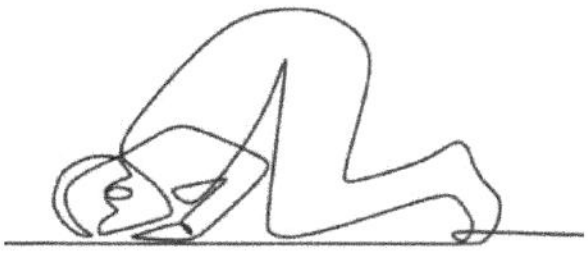

मगर
इस दिल को ना भूला देना तू ए-हमनवा
तेरे दीदार को हम तरसा करते हैं
तू इश्क़ है हमारा
कोई बेतुकी ज़िद नहीं,
तभी तो तेरा हर बार झुक कर सजदा करते हैं

आँखें उनकी मायूस थीं बड़ी,
लबों पर थी तन्हाई खड़ी,
मानो जैसे कोहराम मचा हो,
फिर नज़रें जब उनकी हमसे चार हुईं

पूछो मत,
क्या आफ़त टकरार हुई

नूर

हँसी में तेरी वो नूरानी अंदाज़ है,
अदा भी तेरी बेहद पाक है,
लगे जैसे ख़ुदा को भी बस तेरी ही तलाश है
तेरी हर बात ख़ास है,
न जाने कैसे तू महसूस करवा देती है,
जैसे तू कहीं आस पास है

दिल जो छुपा नहीं पाता,
तू ऐसा राज़ है,
हँसी में तेरी वो नूरानी अंदाज़ है

अचानक यूँ दिल बिखरा,
और दूसरे ही पल सिमट भी गया,
तुम जो साथ खड़ी थी

आज तुम पसंद हो,
कल भी तुम ही रहोगे,

यह सच्ची मोहब्बत है,
कोई दिल का कारोबार नहीं

तुम ही इबादत हो,
तुम ही नजाकत हो,
तुम ही तो ताकत हो

एक दफा, मेरे दिल में झांक कर तो देखो,
वल्लाह, तुम ही तो वो दिलकश आफत हो

तहफ़ुज़

इस दुख़ते दिल का मेरे,
बस एक तू ही सहारा है
दुनिया ने बेशक मुझे नाकारा है,
क्या मालूम उन्हें,
अंगारों से लिपटी गलियों से मुझे, तूने उभारा है

और तू कहती है के जाने दो,
यह नया ज़माना है

सब्र और तहम्मुल नहीं मुझमें,
तुझपे लगा हर इलज़ाम ना गवारा है

नापाक तुझे ज़माना समझे,
तुझे मनहूस तक करारा है,
क्या मालूम उन्हें,
तू मेरा तहफ़ुज़ सितारा है

वो तस्लीम नज़ारा है,
जो भी देखले
उसका वजूद बहारा है

लबों में तू ऐसे घुले
के मानो जैसे,
आज सारा का सारा वक़्त हमारा है

संभल-संभल कर कदम रखता हूँ,
लफ्ज़ों में गहराइ और शक्ल-सूरत-अकल रखता हूँ,
सब किया जो कर सकता हूँ

फिर इतना क्यूँ सताते हो हमको,
नाप तोल कर बात करते हो,
क्या दिल लगाने की मनाई है तुमको..?

इश्क़ भी करते हो
और जताने से डरते हो

मत बताओ जाओ..हमको भी मालूम है,
प्यार हमसे बेइंतेहां करते हो,

अपनी मोहब्बत को रोक कर तुम भी
हर लम्हा, हज़ारों दफा मरते हो

तू मायूस-मायूस सी रहती है,
खुद में खोई सी रहती है,
क्यूँ तू राज़ छुपाती है दिल के,
सारी कायनात तुझ पर रुक्सत कर दूं,
तू देख तो कभी मिल के

दीवाना भवरा
कैसी बातें बनाए

इतना गहरा इश्क़ तू कैसे करे, हाय,
दिल का हर एक कोना, तेरे छूने से महक जाए

जगमग रोशन भोर दिखाए
जियरा मोरा धड़काए,
छूमंतर कर गम मोरे
दिल मोरा बहलाए

इतना सच्चा इश्क़ तू कैसे फ़रमाए
मोहब्बत के गीत झूम-झूम गाए

दीवाना भवरा
कैसी बातें बनाए

सपनों में आके यूं होश उड़ाए,
जियरा मोरा घबराए,
एक पल में खुश करे मोहे
दूजे ही पल तोसे बिछड़ने की घड़ी नजदीक आए

ये लुका-छुपी का खेल अब और ना मोहे भाए,
सोच-सोच कर ही मन तिलमिलाए,
इतना गहरा इश्क़ तू कैसे करे, हाय

दीवाना भवरा
कैसी बातें बनाए

अर्सा

एक अर्सा गुजर गया इंतेज़ार में,
ए-काश फिर आए कोई दिल में इश्क़ लिए,
अपनी इथलाती नज़रों के काजल में मदहोश महफ़िल लिए

उसकी शामों को भी चूम लूँगा मैं,
ए-काश फिर आए कोई दिल में क़यामत लिए,
गुलकंद सी बरसात और सोहबत लिए,
अपने दामन की ख़ुशबू में लिपटी कुर्बत लिए

हाँ,
एक अर्सा गुजर गया ख़यालों के बाज़ार में,
ए-काश फिर आए कोई ज़रूरतें सैलाब लिए,
अपने दिल के गुलदस्ते को गुले गुलज़ार किए

ना इज़हार,
ना इंकार करती है,
बस खुदा का इख़्तियार करती है

बड़ी दिलचस्प है मेरी माशूका
मुझे चुप-चुप के जो प्यार करती है

यूं तो इश्क़ का तिरस्कार करती है
मेरी मौजूदगी पर भी हज़ारों सवाल करती है,
वाक़िफ है मेरे इरादों से
मेरी बातों से, मेरे ख़यालों से,
पर जो मैं दो पल भी ना दिखूँ उसको
तो हक़ से बवाल करती है

बड़ी दिलचस्प है मेरी माशूका
नामन्ज़ूरी देकर भी, ऐतबार बेशुमार करती है

ना इज़हार,
ना इंकार करती है

वादा कर

आ मिले बंधिशों के उस पार हम कहीं,
जहाँ तन्हाइयों की दीवारें ना होंगी खड़ी,
जहाँ इतराती नहीं ज़माने की तलवार कोई,
वादा कर, मिलेगा मुझे तू उस पार वहीं

आसमान फिर अपना होगा जहाँ,
ज़मीनी-ख़ुशबू तक दिल महकाएगी वहाँ,
बारिश की बूँदें इस दिल में उतर जाएंगी जहाँ,
वादा कर, मिलेगा मुझे तू उस पार वहीं

जहाँ मोहब्बत भी मोहब्बत से शरमाएगी,
जहाँ इश्क़ की हवा सुकून के बादल टहलायेगी,
जहाँ मन की गहराइयाँ भी
ख़ुद-ब-ख़ुद सुलझ जाएंगी,
वादा कर, मिलेगा मुझे तू उस पार वहीं

मुस्कुराना जहाँ आज़ादी की तालीम पढ़ेगा,
लफ़्ज़ों को पिरोने में जहाँ कोई नहीं डरेगा,
मज़हब से ज़्यादा जहाँ रूह का बोल- बाला चलेगा,
वादा कर, मिलेगा मुझे तू उस पार वहीं

जहाँ जन्नत सा पाक अंदाज़ मिलेगा,
जहाँ मन्नत क़बूल होने का वज़ीफ़ा
सर-ए-आम बिकेगा,
जहाँ इनायत के नाम पर किसी का दिल नहीं दुखेगा,
जहाँ इंसानियत और रिश्तों में सुर्ख़ जाम दिखेगा,
वादा कर, वादा कर, मिलेगा मुझे तू उस पार वहीं

यूं आपके बेपाक मुस्कुराने से
ये आज़ाद फ़िज़ाएँ तक ख़फ़ा हो जाती हैं,
आप तो इठलाती भी नहीं
और यहाँ इनके ग़ुरूर पर,
ख़ुद-ब-ख़ुद चोट लग जाती है

जब मिलती है ये नज़र
फिर होता है असर,

जब तमन्नाएँ भी पूरी करती हैं, अपनी हर एक कसर,
तब बरसता है वो इश्क़िया केहर,
फिर मिलेंगे तुम और हम शाम-ओ-सहर

होता है इश्क़ यूंही
कुछ दिलकश आफ़त
और कुछ नज़ाकत-ए-आफ़रीन,

अपना सा मुझको लगता है
जैसे रहता हो मुझमें ही कहीं,

मगर ये इश्क़ है, जो छुपाए छुपता नहीं
इन मामूली अल्फ़ाज़ों को भी कोई समझता नहीं
होकर मुझी में गुम, मुझे ही मिलता नहीं

मृगतृष्णा

भ्रम तो नहीं ?

जाते जाते एक काम आगया
अलविदा कहने को ही था
के तेरा पैगाम आगया

कई अरसे गुज़र गए
इस मंज़र की तलाश में,
अब आया तो है
पर दिल है तो है
इसमें ख्यालों का सैलाब आगया

केहता है, ये भ्रम तो नहीं
सब कागज़ी है, सामने मेरा सनम तो नहीं,
इत्मिनान करें भी तो किसका करें
इतने रूहदार अपने करम तो नहीं

माना, शब्दों के पक्के हो तुम
चाहो तो उनमें पूरी दुनिया नाप दो,
शीशा हो तुम जो सच सा दिखे पर सच नहीं,
तुम्हारी हक़ीकत में गर ज़रा सी भी ताकत हो
तोही मुड़ कर आना

वरना क्यूँ,
एक पल में मिलना और दूसरे ही पल गुम

चुपके-चुपके ऐतबार करते हो

चुपके-चुपके ऐतबार करते हो
हर रोज़ बेसब्री से मेरा इंतेज़ार करते हो,
ऐसा क्या है मुझमें, जो इतना मुझको प्यार करते हो?

खुद भी ना समझ पाऊं मैं खुद को,
तुम हमको समझने की बात करते हो,
ऐसी मेरी कौनसी अदा है, जिस पर तुम इतना मरते हो?

मान कर भी यह दिल मान ना नहीं चाहता,
जो कुछ न कहते हुए भी तुम, कितनी सादगी से इज़हार करते हो

हमारे खयालों की दुनिया यहीं है,
मैख़ानो से अब क्या टकराना
जब मेरे दिल की आबरू कहे, उसकी कदर तूही है,

हर पैमाना लगे बेमाना,
हाँ, हूँ मैं तेरा ऐसा दीवाना,
तुझे शब्दों से बयान कर पाना
आसान नहीं है

"कहीं ये आप तो नहीं?"

ये जो अदब है उसका, हाय माशा अल्लाह
शब्दों का लहज़ा भी बड़ा दिलनशीन है,
मुस्कुराहट भी उसकी कहां कम हसीन है
उसको यहां से आँखों या वहाँ से
वो पूरी की पूरी नजाकत से बनी है,
ज़रूर पास उसके कोई जादू की छड़ी है..

हर सरगम पर खिल-खिला उठे
कुछ ऐसी रौबदारी है उसकी,
हसने पर डिम्पल यूँ पड़े
जैसे खुशियों से रिश्तेदारी है उसकी,
सोहबत झलके उसके इठलाने के सलिखे में,
मुरझाई नियत तक बदल जाए, ग़र ढल जायें उसके तरीके में,
मानो जैसे,
एक ही एक फूल है वो खुले बगीचे में..

मदहोश करदे ऐसी शरारत है उसमें,
खुद नामुमकिन से टकराएं
हाय अल्लाह, ऐसी बेखोफ़ हिमाकत है उसमें,
अजी उसके सामने तो नूर भी फीका लगे
वो सुर्ख रूहानियत है उसमें,

यूंही नहीं हज़ारों दिल बेहक जाते जनाब
उसके रूबरू होने की देरी है,
कुछ ऐसी बेपर्वाह और कातिलाना अदाएँ हैं उसमें..

वक़्त के पहर से भी उंदा दौड़े
उसके कदम तो घड़ी को भी पीछे छोड़े,
साफ़-साफ़ कर देती है वो हर हिसाब
जब हर सवाल का देती है वो वाजिब जवाब,
मेरी लैला है लाजवाब..

मोहब्बत से बनाया है ख़ुदा ने जिनको
उस खाते में डालेंगे हम इनको,
शुक्रगुज़ार थे वो, जिनसे उन्स थे इनके
अब उसी खाते में आकेंगे हम ख़ुद को..

मासूम एक इबादत है वो,
ख़ुदा की दिलकश शहादत है वो,
कभी मशालों सी लगती है वो,
कभी खयालों सी लगती है वो
और कभी अंगारों में लिपटी आफ़त बड़ी,
सुंदर सी, नाजुक सी
आसमान की हो जैसे परी,
मेरे जीवन की है वो, एक अहम कड़ी..

चाँद और तारे भी फिके लगेंगे जनाब
जब होता है कोई ख़ुद इतना आफ़ताब,
जुगनू भी चले जिसके साथ-साथ
ऐसी क़ुरबत है उसके आस पास..

"कहीं ये आप तो नहीं"

रोज़ थोड़ा-थोड़ा दिल धड़काता है वो,
मशहूर बड़ा है मगर
सादगी सा नजर आता है वो

आज धड़कने दो इसे,
आज तड़पने दो इसे,
आज बेहकने दो इसे,
आज महकने दो इसे,
आज चहकने दो इसे,
कुछ वफ़ाओं को भी तो तरसने दो इसे

मोहब्बत-ए-आतिश लिए!

कुछ शबनम सी रात,
कुछ गुमसुम से जज़्बात,
हमें भी करनी थी उनसे, अपने दिल की बात

वो जो किस्से हैं
कुछ आधे, कुछ पुरे से,
वो जो रहते हैं मुझी में सिमटकर कहीं अधूरे से

ये सब किस से कहूँ मैं
कौन है मेरे इतने पास?

फिर वो आई हाथों में इश्क़ लिए,
इबादत से बंधी साजिश लिए,
मानो जैसे सिर्फ़ मेरे लिए ही आई थी वो
मोहब्बत-ए-आतिश लिए

शायद रंगों का कारोबार था उनका,
होसलों से भरा दरबार था उनका,
उसका आना मुझे घर कर गया था,
सदियों का तड़पा मैं, सब्र कर गया था,
उल्फ़त का नशा मेरे सर चढ़ गया था

मानो जैसे सिर्फ़ मेरे लिए ही आई थी वो
मोहब्बत-ए-आतिश लिए

मेरा ख़ुशबख़्त

"मुकदर से मिलता है ऐसा तोहफा हसीन"

आफ़्ताब सा, है वो आफ़्ताब ही,
कुछ ख़ुदी में मगरूफ़ वो
कुछ तहज़ीब है उसकी बेतुकी बड़ी

अंदाज़ सा, है वो अंदाज़ ही,
कभी शोर सा ख़नके वो
कभी बेआवाज़ गूँजे उसकी हसी

हक़ीक़त सा, है वो हक़ीक़त ही,
कुछ बिगड़ेल उसके तरीके हैं
कुछ ज़िंदगी जीने के अपने अलग ही सलीके हैं

बेपरवा सा, है वो बेपर्वाह ही,
कभी पंछियों सा ज़हीन
कभी ज़रूरत सा जैसे ये सरज़मीन

ख़्वाब सा, है वो ख़्वाब ही,
कुछ स्वाभिमानी लाड़ सा,
कुछ बेहिसाब दुलार सा
और कुछ बेशुमार प्यार सा,
मेरी क़ायनात सा, है वो क़ायनात ही

तू फूल था एक बेपरवाह,
कुछ मेरा दिल तुझमें मगरूर सा होने लगा
इस तरह,

भिनि-भिनि खुशबू तेरी
जाने अनजाने ही सही मगर दिल महकाती है,

अदा तेरी कातिलाना, हाय,
बस मानो जान ले जाती है

तुम मिलो हमको रोज़
यूंही हज़ार बहानों से।

ज़रा, इन दिलों को भी तो उड़ने दो तुम
होकर फिर आज़ाद
उन दर्द भरे तेखानों से,

तुम मिलो हमको रोज़
यूंही हज़ार बहानों से।

क्या ही..जिए तुम
अगर चक्खा ही नहीं तुमने होकर रूबरू
वो इश्क़ वाला शबाब इन दिल-नशीं मैखानों से,

तुम मिलो हमको रोज़
यूंही हज़ार बहानों से।

आँखों में बंद करके हमने उनको,
जो सुकून पाया है,
वही मेरा सरमाया है,
इर्द-गिर्द मौजूदगी उंकी बेशक न हासिल हो,
मिया, हमने तो एक-तरफा प्यार में ही सब कुछ पाया है

दिल में जो बातें हैं,
इसे होंठों पर लाओ ना

काबू करके इस दिल पर
अब नजरें चुराओ ना

बोल भी दो,
इतनी सहूलियत दिखाओ ना,
आँखों में जो सपने लिए फिरते हो,
उसे सच कर, अपना बनाओ ना,

दिल में जो बातें हैं,
इसे होंठों पर लाओ ना

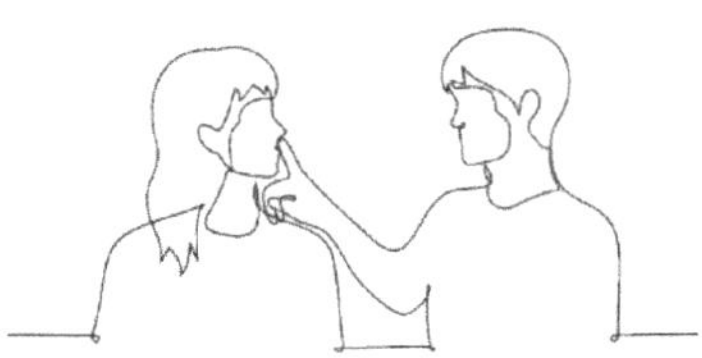

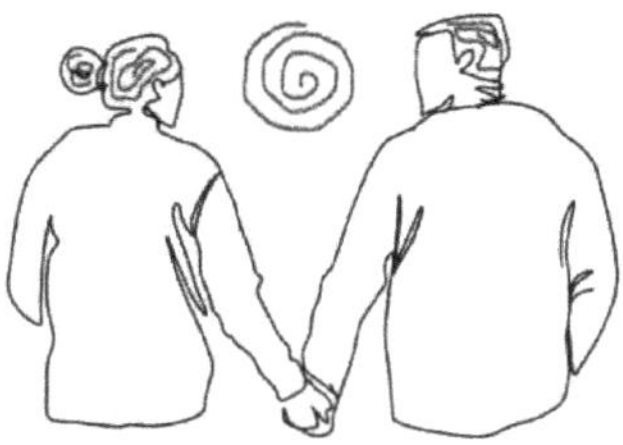

छत

सुनो दूर हूँ मैं तुमसे
अब रिश्ता निभाना थोड़ा मुश्किल हो जाएगा

सुनो तुम मुझसे इतनी भी दूर नहीं,
जो चाँद तुम्हारी छत पर है,
वही चाँद मेरी छत से भी दिखता है

मन-मस्त से
रूह से बहते इशारे,

कुछ राज़ आवारा हों
और कुछ मनचले इठलाते तारे,

टेढ़े से मेढ़े से
गुन गुनाते तराने,

एक तुझसा-मुझसा जहाँ
आ ढूंढे हम यहाँ,
जहाँ गुम जाने का हो दस्तूर नया

हिस्सा था मेरा, तेरी हर बात में,
किस्सा था मेरा, तेरी हर मुलाकात में,
एक बस तेरा ही चेहरा मेरे दिल में रहता था,
ज़ेहन में तेरे भी तो बस मेरा ख़याल ही बहता था

मोहताज़ नहीं मैं उसके दीदार का,
मुझे तो बस इंतज़ार है
उसके इज़हार का

अजी, हमने उनसे कहा
हम घुमाने वालों में से नहीं
हम तो तबियत से इश्क़ फ़रमाने वालों में से हैं

मैंने उनसे कहा
उसी सफ़र पर आके मिलो
जहाँ हमें बस मोहब्बत पर ऐतबार हो,

हाथों में हवाओं के
जहाँ प्यार ही प्यार हो,

सर्दफिजाओं को फिर
सरज़मीन से सच्ची मोहब्बत हो,
वफ़ाओं की इबादत हो

जहाँ जादुई इमारतों में
इश्क़ ही रहता हो,
बस उसी सफ़र पर आके मिलो

दर्द का चैन मेरे
तू ख़ुशी का सुकून है,

प्यार तेरा प्यार नहीं
मेरा जुनून है,

सबब ये जुदाई वाला
मुझे ना मंज़ूर है,

पास तू रहे मेरे
दिल को बस यही क़ुबूल है

हर गुज़रते पल के साथ
ये इश्क़ मेरा बढ़ रहा था,

हद मालूम थी इसे
फिर भी सर चढ़ रहा था,

पाने और खोने से पाक है ये एहसास
शायद इसी बात को ये दिल
होले-होले समझ रहा था

इश्क़ है तो बढ़ेगा ही,
गर घट रहा है,
तो मेरी भी आँखों में
तेरा उसको दिया हर एक वादा खटक रहा है।

गर हाँ, तो कोई मसला नहीं
बस वक़्त रहते संभल जा
क्योंकि फिल्हाल तो तू भटक रहा है

छुया था उसने मुझे कुछ इस तरह
के बहारें भी बहक जाएं,
शायद, ख़ुद के आवारा होने का
इल्म मुझे उस पल हुआ
जब उसके होंठो ने दूर से मुझसे कुछ कहा
और बदले में मैंने भी जब
अपनी नज़रों से उसे
दिल-फेक इज़हार सरेआम पेश किया

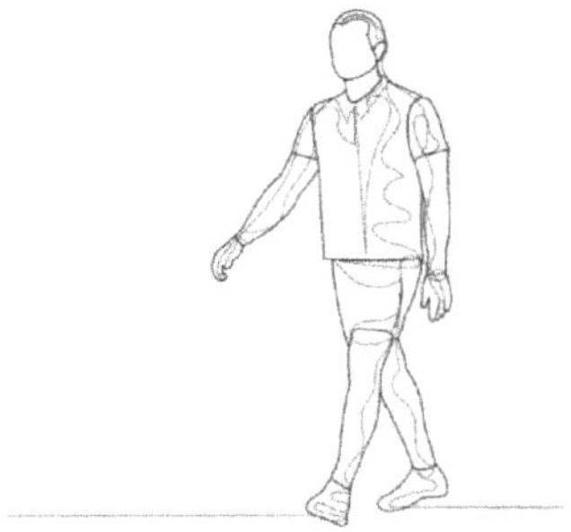

कोरे नैन मोहे
वो इत्र सुबह का,

वीरानी रूह मेरी
और वो जश्न खुदा का

ना जाने क्यूँ लगता है दिल को मेरे
उसका चेहरा ता-उम्र याद रहेगा,

होकर मेरी तन्हाइयों से रूबरू
सुर्ख मद्होशी सा मेरी इन रगों में आबाद बहेगा,

ना जाने क्यूँ लगता है दिल को मेरे
उसका चेहरा ता-उम्र याद रहेगा

बर्बाद

कुछ इस तरह
ए-दिल संभल ज़रा,
जा उसके नजदीक जा,
महफ़िल की है जो अप्सरा

कुछ इस तरह
ए-दिल संभल ज़रा,
साँसों में तू बसे
दिल में तू ही रहे
फिर हाथों में मेरे क्यूँ न आए आँचल तेरा

कुछ राज़ अनकहे
लफ़्ज़ों की बोली में,
कुछ बात जब वो कहे
चुप चुप के चोरी से

मीठा सा दर्द दिल में मेरे
क्यूँ होने लगा
आँखों में तू, होंठों पे तू
कैसे तुझे करूँ बयाँ
कुछ इस तरह
ए-दिल संभल ज़रा।

लिख दूँ मैं तुझको फिर
झिलमिल आसमान पर
और तेरी चाँदनी में
जीऊँ लिपट कर ता-उम्र

क्यूँ मुझसे रूह मेरी
बाटें न ग़म मेरा,
तुझसे है जा जुड़ी
मेरे जीने की हर वजह

तुझसे है वास्ता
तुझसे ही राब्ता
कैसे रहा था मैं
होकर तुझसे ही लापता

अल-मक्तूब

ख्वाहिश हूँ मैं तेरी
या तेरे ज़िक्र पर ठहरा सबब हूँ,

इबादत हूँ मैं तेरी
या कोई बेतुकी सनक हूँ,

अंजान न पाना मुझको
आँखों को पढ़लूँ, न किसी को भनक हो,

तू जाहिर कर या न कर
जैसे अर्श तू मेरा, मैं तेरा फलक हूँ

यारम

यूं इंतजार ना किया करो,
बुरी आदत लग जाएगी,
गर किसी दिन हमारा उस तरफ़ आना न हुआ,
तो इस इंतजार से ही दिल्लगी हो जाएगी

यूं इतने एतबार से ना देखा करो,
हमारी खाई वो झूठी कसमें भी शरमसार हो जाएंगी,
मानलो गर किसी दिन हमारा फ़रेब पकड़ा गया,
तो आपकी इन आँखों में
नमी ही नमी नजर आएगी

बख़्श दीजिए, और यूं दिल से प्यार बयाँ न किया कीजिए
इस दिल को सच में तुमसे मोहब्बत हो जाएगी,
ख़मख़ा ला-इलाज़ अशिकी गले पड़ जाएगी

और गर जुड़ गया वो तार ओ-रहगुज़र,
तो लगता है जैसे
हमारे दिल की उन मगरूर आवारा गलियों को
रहम-ए-ख़ुदाई मिल जाएगी

फितूर

तू तारों का आका,
मैं भवरों की मलिका।

तू बादशाह-ए-जुगनू,
मैं फूल फागुन का

तू चाँद की चाँदनी,
मैं ओस सी फरुका

तू झिलमिल सितारा,
मैं रौशन किनारा

अब कैसे मिलोगे हमसे?

तू कोरा धुआँ है,
मैं धड़कता शिकारा

रेहन-सहन-पोशाक सब अलग है हमारा,
तुझे भोले ने और मुझे अल्लाह ने सँवारा

कैसे मिलोगे हमसे?

हम दो जिस्म एक जान से राही,
किसके हस्ताक्षर बनेंगे अपनी किस्मत की सियाही,
कौन कबूलेगा इस इश्क़ की रियाही

बोलो कैसे मिलोगे हमसे,
क्या तुम लड़ सकोगे ज़माने के हर फितून से?

शब्दों में तू बयान होती नहीं,
नींदों में मेरी तू सोती नहीं,

जब चाहूँ मैं तुझे छुना, उस वक़्त तू
चाह कर भी हक़ीक़त संझोती नहीं,

रहती है बस इस दिल में मेरे तू
शायद इसीलिए मेरी ये धड़कनें
मुझसे ख़फ़ा होती नहीं

तुम्हें वो गुन गुनाने पर मजबूर कर गए,
इश्क़ के मौसम में तुमको मगरूर कर गए,
ऐसा क्या जादू किया था उसने तुम पर?

के तुम्हें दिल की बीमारी में
कमबख़्त चूर-चूर कर गए

एक रोज़ उन्होंने हमसे कहा,
"बस-बस, मोहतरमा,
ऐसी अदा पे तो मरते हैं आपकी,
गाली भी दोगी गर तो
दिल से लेंगे, कसम आपकी"

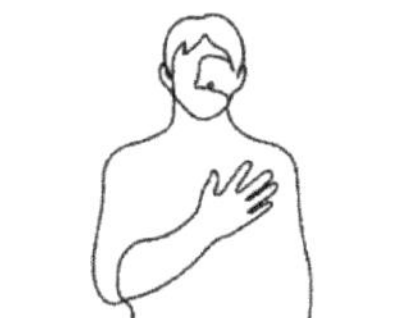

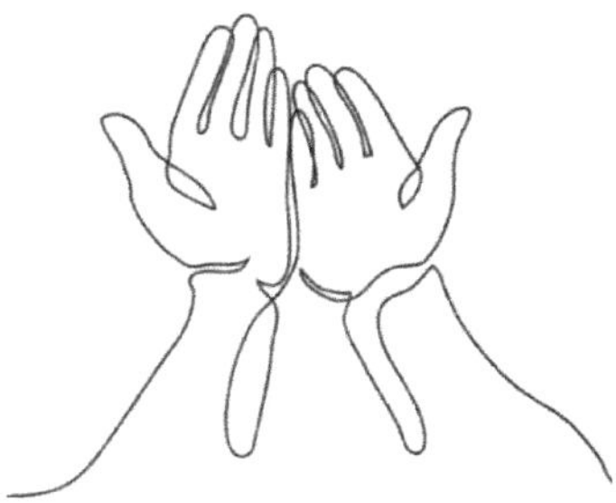

आज तुझसे मिलके मुझे यक़ीन हो गया,
दुनिया में
मैं सबका अज़ीज़, सबसे हसीन हो गया,
तू जो नज़रें फेरे मुझसे,
फिर लगे यूँ जैसे,
मुझसे ख़ूबसूरत हर कोई हो गया

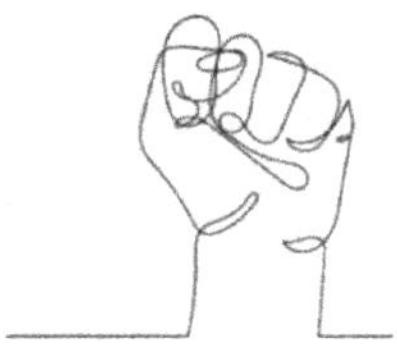

मानो जैसे तू शामिल रहता हो मुझमें ऐसे,
जो भी तुझमें हो मेरा
वो हासिल हो मुझे जैसे।

सुरूर

तू खो न जाए
बस इस बात से लगता है डर,
आत्मन में संजो के रखा है तुझको
ज़माने को भी न हो पाई खबर

के बेशक दिल तोड़ दे ना,
गर जो दूर गई तू मुझसे
बस जाते-जाते मुझे खुदा के घर छोड़ देना

ग़लतफ़ेहमियाँ न पाल बैठो तुम
लो तुम्हारा भार कम कर देता हूँ,
के अकेला नहीं पायूँगा मैं ख़ुदको
तेरी बेमौजूदगी में,
तू साँस लेती है मुझमें
मैं तो तुझे कब का जीये बैठा हूँ

नहीं ज्ञात तुझे कि, तू बस मात्र छलावे का प्रतिरूप है
मैं तो सुर्ख जाम पिए बैठा हूँ

सुनिए बस इतनी सी है इल्तिज़ा
के गर कभी, मैं जाने-अनजाने में
आपसे बेरुख़ी फ़रमाऊँ,
तो इसकी सज़ा के बदले
मेरे दिल की तोहीन मत कीजिएगा,
यह बहोत मोहब्बत करता है आपसे

यूँ तो
हज़ारों ख़्वाब हैं
उन पर सिर्फ़ एक ज़िंदगी,
बेशक साँसें न मिले
पर मुझे तू चाहिए

हर ख़ुशी से बढ़ कर मुझे
तेरी हँसी चाहिए,
फिर बेशक तू मुकद्दर में न हो मेरे,
पर मुझे तो बस तेरी मौजूदगी चाहिए

आँखों में बंद करके हमने उनको,
जो सुकून पाया है,
वही मेरा सरमाया है,
इर्द-गिर्द मौजूदगी उनकी बेशक न हासिल हो,
मियाँ, हमने तो एक-तरफ़ा प्यार में ही सब कुछ पाया है

सुनिए... इज़हार-ए-बयां करना था

कैसे कहूँ तुझसे
कि कितनी मोहब्बत करता हूँ,
यह कहना आम होगा,
के बेशुमार करता हूँ

वो पल जिनमें तू नहीं
उन हर पलों में,
मैं मौते हज़ार मरता हूँ

हर जनम मेरा तू बने,
रब से सौदेबाजियों तक में लड़ता हूँ,
कैसे कहूँ तुझसे
कि कितनी मोहब्बत करता हूँ

धड़काना काफ़ी नहीं
इस दिल को अपना बनाओ ना
सपनों में सिर्फ मेरे हो तुम,
हक़ीक़त बन जाओ ना

गुलाब

हज़ार साल भी गुज़ार सकता था मैं
तेरे इंतेज़ार में,
इश्क़ जो दिखा था मुझे, उस दिन
तेरे इंक़ार में

हां समझ गया था मैं
के मजबूर थी तू,
पर मैं भी कुछ कम नहीं
तेरा हर दर्द ख़ारिज करवा दिया मैंने
ख़ुदा के दरबार में

बदले में कुछ वक़्त ले आया हूँ
तेरे-मेरे साथ का
कुछ ज़ायका अपनी पहली मुलाक़ात का,
मैं कुछ लफ़्ज़ ले आया हूँ
बीतें लम्हात का
बदले में कुछ वक़्त ले आया हूँ
तेरे मेरे साथ का

अब आजा तू भी बिना कोई वक़्त गवाए
कहीं गुज़र ना जाए फिर ये मौसम गुलाब का

तेरे कहने पर
ये दिल धड़कता है,
जैसे ख़ुशियाँ अभी भी
कहीं ना कहीं
बाकी हैं

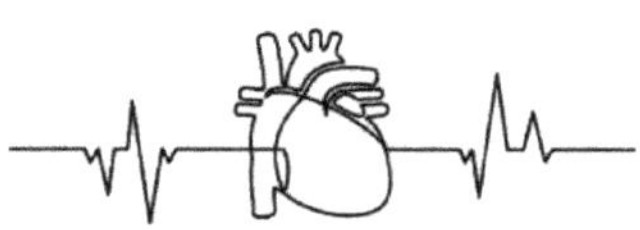

दरअसल हमें शक है के हमें,
मरिज़े इश्क़ हो गया है,
अब न दवाएँ काम आएँगी,
और न ही दुआएँ,
अब तो हमें ऐसे इश्क़ से
हमारा अल्लाह ही बचाए

क्यूँ

क्यूँ उदासी भरे पैग़ाम गिन रहे हो,
ऐसा क्या है जो दिल ही दिल में सिल रहे हो,
यूँ तो ज़िंदगी तक तरस जाती है
ख़ुश भर होने में
और आप यहाँ, ख़ुश होकर भी
गलतफेहमियाँ बुन रहे हो

शिकायतों से क्यूँ दिल मसल रहे हो,
ऐसा क्या है जो इतना बिगड़ रहे हो,
यूँ तो उम्र तक गुज़र जाती है
मोहब्बत हासिल होने में
और आप यहाँ, महबूब में खोकर भी
आवारा-महफ़िलों की ठोकरें चुन रहे हो,

मियाँ, कमल हाथों मे लिए
तुम क्यूँ दर-दर फिर रहे हो

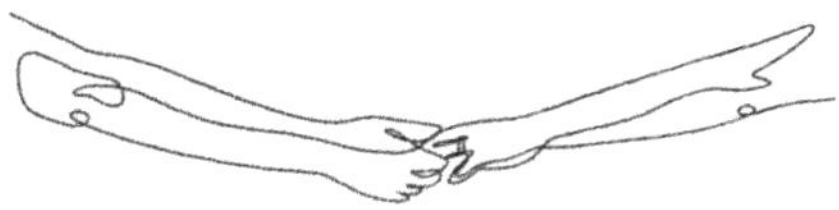

खोए से तुम हो क्यूँ,
ख्वाबों में गुम हो क्यूँ,
दिल में जो भी राज़ हों
आज कह भी दो,
अपना मानते हो,
तो दिल के दर्द अब हमें दे भी दो

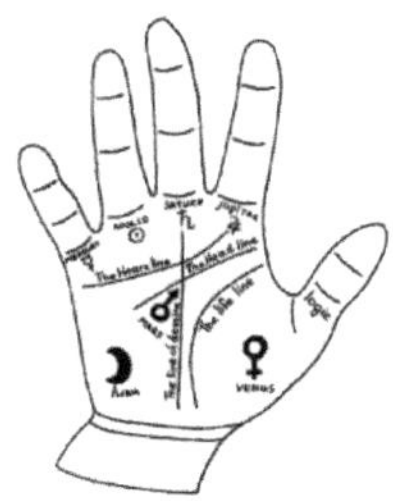

होश दिल के इरादों का
उस रोज़ नहीं था,
दिल हमारा शायर भी नहीं था,
रब ने लिखदी यह तकदीर वर्ना
इश्क़ वाला मुकद्दर नहीं था

उसकी नज़रों का हैं क्रम,
के छूटे हैं तीनो धरम,
क्या और करने बाक़ी हैं कुछ सितम?
अब मिटा दे या बचा ले,
मेरा दिल हुआ तेरे हवाले

ए-काश कभी ऐसा भी हो जाए,
के तू आये मेरी महफ़िल में,
और यह शाम ढलना भूल जाए

ज़ाहिर है,
ऐसे तो तेरा कोई ठीकाना नहीं ए-मोहब्बत,
पर काश तू आए
और यह वक़्त वहीं रुक जाए

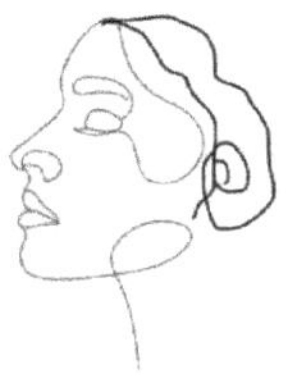

हमने सुना है,
ये हवाएँ इतराती हैं तुझे छू कर,
ये फिजाएँ सजाती हैं तेरा तख़्त,
ये ज़मी महसूस करती है तेरा फ़क़त,
काश तू मुड़ कर देख ले मुझे एक बार,
तो मैं भी रोक लूँ उस पहर का वक़्त

जो ख्वाहिशें बिकती बाज़ारों में
तो हम अपनी निलाम कर आते,
खरीदते नहीं अपने लिए कुछ,
पर सारी की सारी
अपने चाहने वालों के नाम कर आते

तुम कहो तो रुकें,
तुम कहो तो चलें,
आज इश्क़ की इन हवाओं में,
इन फिजाओं में,
आओ हम-तुम कहीं बेह चलें

तू शाम सा इन आँखों में बस जा,
होजा रंग तू एक नया,
कभी मुझमें घुल जा तू इस तरह,
जैसे के, हो शुरू एक नया सिलसिला

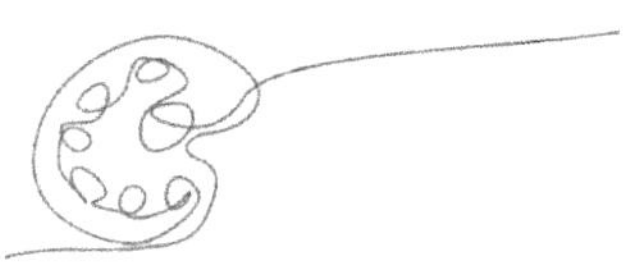

इस जिंदगी के मौसम कितने कम हैं,
थोड़ा उजाला, थोड़ा कोरा, थोड़ा भ्रम है
जिंदगी जीना मरहम, हार मान ना ज़ख़्म है,
आगे का तो पता नहीं,
मगर तेरे इस पल में ,बशर्ते हम हैं

हवा से तेज़, मैं हवा में था,
मेरा ख़ुदा आसमान में नहीं,
जहाँ में था

इस दिल में रहते हो तुम ख्वाब की तरह,
नशे की तरह, आग़ाज़ की तरह,
अब इस मदहोशी का हम क्या करें?

बेशक तू साथ नहीं मेरे
मगर मेरे आस-पास है,

मेरी मोहब्बत अधूरी नहीं
पूरा है मेरा जहान,
मर कर भी ना मरे
ऐसा इश्क़ मिलता है कहाँ,

बेशक तू साथ नहीं मेरे
मगर मेरे आस-पास है

चेहरा तेरा मिलता है मेरे पाक होसलों से,
क्यों यह बता..?

साथ होने से तेरे,
बेधड़क धड़कता है दिल मेरा,
क्यों यह बता..?

कहीं मुझे प्यार तो नहीं हो गया..?

आँखों में तुम्हारी
अब भी कोई
ख्वाब बाक़ी है

मेरे लिए सजाया
हर वो एहसास बाक़ी है

अनकहा सा वो
इकरार बाक़ी है

अब मोहब्बत निभा भी दो,
इन नम्म आँखों से थोड़ा मुस्कुरा भी दो।

यह रौशनी थी जिसकी
उसी ने सारा जहान चमका दिया,
खुद गर्दिशों में रहकर उसने, देखो
गैरों के घर का दिया जला दिया।

नसीब था तू मेरा
या था कोई ख्वाब सा,

जैसे, काग़ज़ हाथ में मेरे
और सुनहेरी कलम की आवाज़ सा,

शायद, नामुमकिन जज़्बात सा
जो इस दिल से निकल कर भी, न दिखे
ऐसे एहसास सा,

हो न हो, यकीनन तू होगा
मोहब्बत-ए-कायनात सा।

दिल ने खोले अभी-अभी, नए जज़्बात
देख आँखों से भी झलक रहे हैं, कई नए राज़,
आ चुनलें हम भी कुछ खोए साज़।

देख फिर, आसमां ही आसमां है
यही मौक़ा है, आ हम भी करलें अपने इश्क़ पर नाज़।

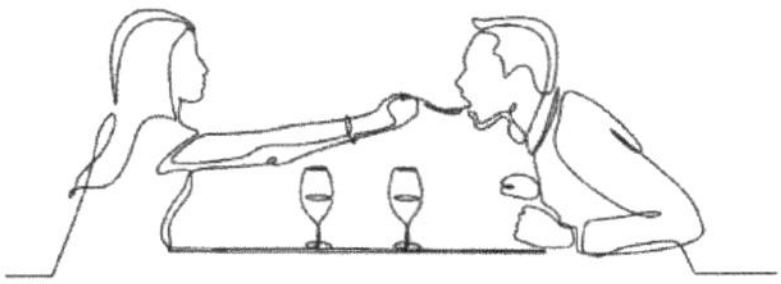

नैनों से पीलूँ
या इन लबों को सिहलूँ,
आज जाम से कुछ फ़ासला ही सही
आ आज मैं तुझी में जीलूँ।

थोड़ा ठहर जाओ ना,
हमीं में आज सिमट जाओ ना,
ये वक़्त गुज़रता है तो गुज़रने दो,
कोई दिल में उतरता है तो उतरने दो,
उस बंद दरवाजे का सच बतलाओ ना,
सच को तुम झुठलाओ ना,
इस दिल में हम हीं हैं ,यह जताओ ना
आज थोड़ा ठहर जाओ ना।

इश्क़ तुमको भी है, इश्क़ हमको भी है,
मोहब्बत से दामन छिपाओ ना,
डर को ताक़त बनाओ ना,
आज थोड़ा ठहर जाओ ना।

आँखों का हिस्सा था मेरे वो, पलकों सा,
हर एक पल का किस्सा था मेरे वो, ख्वाबों सा,
मैंने कब कहा कि मैं उसे मुनासिफ़ था,
ये तो इश्क़ किया था दिल ने मेरे, एकतरफा सा।

चेष्ठा

सुंदर सी वो दिलनशीन
उसे आफ़त कहूँ या आफ़रीन,

नज़ाकत से जब-जब
वो हँसे
फिर लगे रौशन-रौशन
हर जगह,

उसे मौसम कहूँ
या एक आदत हसीन
जैसे मंज़र में और वो शोबत-ए-कायनात सी,

होकर यूं
ख़ुदग़र्ज़ सही,
अब उसमें खोया हूँ
तो खोने दो

उसे बन ने दो...करम-ए-इबादत मेरी।

दिल क्या तू मेरी जान ले जा,
जा इंतेज़ार नहीं तू मेरा इकरार ले जा,
बस वक़्त के दायरे से निकलकर
मेरा हाथ थाम लेना, जब मैं कहूँ।

ज़माने की सुनोगे
तो मुझे तुम बुरा ही पाओगे,

पहल तो करके देखो
तुम खुद बा खुद जान जाओगे,

बेशक, थोड़ा शरमाओगे थोड़ा घबराओगे

पर बेहतर होगा तभी
जब खुद तुम मुझसे बोल फरमाओगे,

मुझसे एक दफा मिलकर तो देखो
यकीनन तुम मुस्कुरा कर जाओगे।

शौक तुझे है जीने का
तो तू भी इश्क क्यों नहीं कर लेता,
जैसे शौक मुझे है मरने का
तभी तो मैं तेरे इश्क में पागल हूँ।

बेताबी है तुझे इतनी
तो तू खुदी से मन्ज़ूरी क्यों नहीं भर लेता,
जैसे तू बारिश और मैं बादल हूँ,
और तू है कि एक नज़र, आहें ही नहीं भरता।

इस कदर है तुझसे इश्क मुझे,
कि अब तो इंतज़ार भी प्यारा लगता है,
तुझे हासिल नहीं करना मुझे,
तेरा दीदार भी बाहरा लगता है,
दिल को तुझसे मोहब्बत है,
तभी हर एहसास ग्वारा लगता है,
आशिक़ी में तेरी सब क़ुर्बान,
साथ नहीं तू ,तो क्या हुआ,
यादों में तेरा होना ही सहारा लगता है।

तुम हमेशा

तुम हमेशा मेरा पहला प्यार रहोगे,
मोहब्बत की इस जंग में
हारा मैं बेशक सही,
मगर इन होंठों पर मेरे
आज़ादी की तरह तुम
ता-उम्र यूँही इकरार रहोगे,
तुम हमेशा मेरा पहला प्यार रहोगे।

उजालो ने अब दिल में हमारे घर कर लिया है,
एक दिन हम भी रूह को आफ़्ताब कर लेंगे
ऐसी ख़ुशफ़ेमियों से अपना दिल भर लिया है।

वो सुंदर इतने हैं के अब और हम क्या बोलें,
हमने तो ज़र्रा-ज़र्रा तक
उन्हीं के नाम कर दिया है।

ऐसी पाक मुस्कुराहट का हम क्या करें,
उन्हें दिल में उतारें के जाने दे,

ये जो एहसास हैं दिल में छुपे,
उनसे, उनको रूबरू होने दे के जाने दे,

अब मोहब्बत है... तो इसे होने दो,
होकर मसरूफ़ ख़ुदी में
कुछ पल ही सही, इन दिलों को ज़रा तुम खोने दो।

इत्र

तारों भरी रात में,
खामोश महफिलों की सोहगात में,
एक आप थे वहाँ,
और एक मेरा दिल कुछ अकेला सा,
एहसास तो थे,
और जज़्बात
वो धुंधला सा,
बेशक ख़ुशियाँ तो थीं हर जगह,
पर ख़्वाहिशें तब पूरी हुई
जब तू हम में मयास्सर हुआ,
कायनात-ए-इत्र की तरह।

बस तू

इन आँखों में है तू,
इन बातों में है तू,
मेरे हर ज़ज़्बात में है तू,
मेरे मन मिज़ाज में है तू,
मेरे हर पहने लिबास में है तू,
हर पल हर लिहाज़ में है तू,

ख़ुदा गवाह है,
मेरी हर नमाज़ में है तू,
लगे जैसे मेरे आस पास में है तू,

पर ये इंतज़ार अब काट ता है,
दूरी मन्ज़ूर नहीं,
तेरे सिवा मेरा कोई नहीं,
ये वक़्त हमें बाँटता है।

क्या करूँ सब उम्र का खेल है
मेरा आज बस तुझे माँगता है।

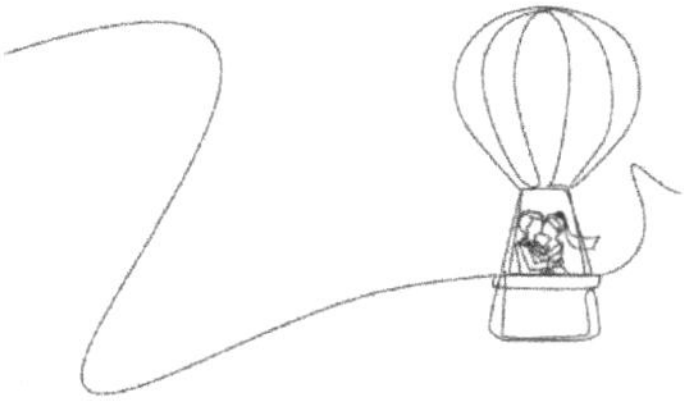

इश्क़ के बादल

जिक्र हुआ जब खुदा की रेहमतों का,
हमने ख़ुद को सबसे ख़ुशनसीब पाया,
तमन्ना थी पाक मोहब्बत की,
ख़ुदा ख़ुद मोहब्बत बनकर चला आया

गर्दिशों के सावन में
इश्क़ के बादल ले आया।

तारे

होगा जादुई हर सफर,
अगर रह सकें साथ हम यूंही उम्र भर,
मालूम मुझे भी है,
मालूम तुझे भी है,
ये वक़्त बंदिश करेगा, मगर
अब जुड़े हैं तो टूटेंगे कैसे,
तारे हैं हम
बस चमकेंगे ऐसे।

तरकीब

ज़माना जिसे नींद कहता है,
जाने वो क्या चीज़ होती है,
ताजुब की बात है
आँखें तो हम भी बंद करते हैं,
मगर हमारे लिए तो वो महज़
आपसे मिलने की एक तरकीब होती है।

क्या कहूँ
के मैं तो इतना मोहब्बत में था
वो कहती तो उसका दीदार करता
वो कहती तो उससे इज़हार करता।

दीवार

अब जाना होगा मुझे
कि अब तुम मेरा इंतज़ार ना करना
मैं गर ना दिखूं
तो तारों में मेरा दीदार ना करना।

मज़हब के दायरों से
बचकर निकला हूँ,
संभल जाओ जो तुम भी
मुड़कर फिर इक़रार ज़रा करना।

हां, लौट आऊंगा तेरी ख़ातिर
खुद खुदी को कुर्बान करने ,
बस उस रोज़ मोहब्बत पर मेरी
पलट वार ना करना।

आभार

आ अंधेरे में तुझे रौशनी दिखाऊँ
आ चाँद सा तेरा दिल बहलाऊँ
तू मूँद लेना फिर आँखें अपनी
जब तलक मैं तुझको प्रेम गीत सुनाऊँ।

कह कर तो देखो जो कहना चाहते हो
किसे मालूम बात वही हो, जो हम सुनना चाहतें हों।

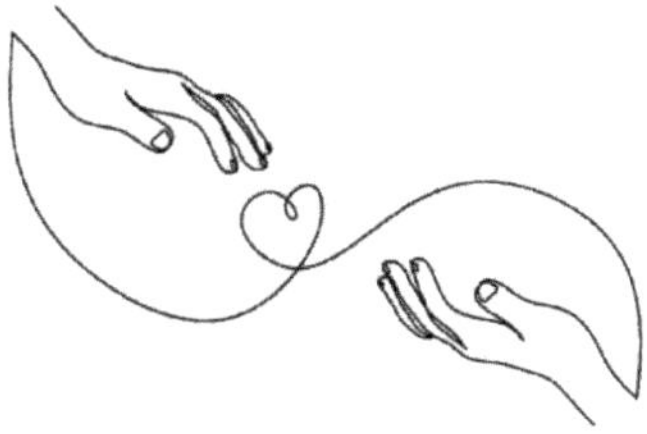

धड़कन धड़कन कह कर
तुम तो इस रूह में बस गए,
प्यार मांगा था रब से
वो तो खुद मुझसे इश्क़ कर गए।

मेरी आँखों में खोने से
कब तक बचोगे
होके ख़ुदी से मक्बूल
कभी तो दस्तक दोगे

अपने इश्क़ के चाँद शिकारे पर
मोहब्बत करने आया हूँ
सारे ज़माने भुलाए हैं
तब तुमसे मिलने आया हूँ

आँखों में मेरे खोने से
तुम कैसे बचोगे
खुधमे मुझे पिरोने से
तुम कैसे बचोगे।

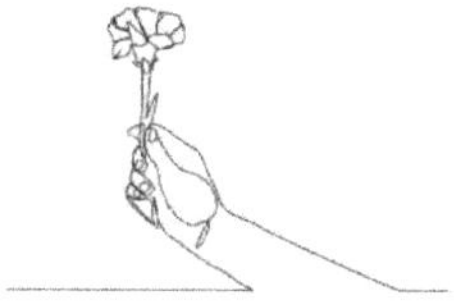

दिल-फेक

आपसे दिल-फेक बात करना
फ़ितरत है हमारी,
आप हर दम खुश रहें
हसरत है हमारी,
कोई हमको याद करे ना करे,
आपको याद करना
आदत है हमारी।

तस्वीरें उसकी
मुझे बड़ा लुभाती हैं,
पर जब भी
कदम बढ़ाए जो वह मेरी ओर
यह जान निकल जाती है।

ज़ाहिर है खयालों में
उस से मुलाकातें हज़ार हो जाती हैं,
पर सामने से बुलाए वो जब-जब
मेरी ज़ुबान अटक जाती है।

तुम्हें मैंने पाया है

तुम्हें मैंने पाया है,
जैसे तुम ही हो जो मेरे दिल में धड़कते हो
कभी दोस्त बनकर, कभी सनम बनकर, कभी हवा बनकर,
कभी आंसू बनकर,
बस तुम ही मेरे इस दिल में धड़कते हो।

जहां मैं होती हूँ वहां तुम भी होते हो,
अगर मैं रोती हूँ तो तुम भी कहाँ सोते हो,
तुमको मैंने पाया है।

जैसे तुम हो कोई अधूरा एहसास मेरा
जिसे पूरा करना काम हो मेरा,
नहीं जाने देना अपने से दूर मुझे,
जाऊं भी मैं कभी जो अगर,
तो तुम ही बस आकर ढूंढ़ना मुझे,
मैं हर जगह मिलूँगी सिर्फ़ तुम्हें,
तू जाने या जाने ना,
तुम्हें मैंने पाया है।

चाहे अब खुदा भी जो अगर,
तो मुझको रोकेगा कैसे,
हर घड़ी - हर पल,
तोकेगा कैसे।
तुम्हें मैंने पाया है।

इश्क़ से तूने इश्क़ की है वफ़ा,
रूह से रूह,
अब मिलने तो दे,
तू क़ुर्बत के फूल खिलने तो दे।

यूँ तो कई दिल देखे मैंने
ख़ुदा के बाज़ार में,
बस तुझसा नहीं देखा कोई,
जो बसता हो ख़ुद
ख़ुदा के इक़रार में।

जादू है तू,
कोई भ्रम नहीं,
जब मेरा है तू,
फिर दुनिया में कोई गम नहीं।

हँसी में तेरी वो नूरानी अंदाज़ है,
अदा भी बेहद आफ़ताब है,
पाक सा तेरा दीदार-ए-आग़ाज़ है,
फिर लगे जैसे खुदा को भी बस
तेरी ही तलाश है।

आँखों में तेरी कई गहरे राज़ हैं,
तेरे बोल बेशक बेआवाज़ हैं,
मगर, तेरे अनकहे लफ़्ज़ों में भी
मिठास ही मिठास है।

दिल जो बयान नहीं कर सकता,
तू वो दिलकश एहसास है,
हँसी में तेरी वो नूरानी अंदाज़ है।

कहना चाहूँ जोह भी ,होंठ नम पड़ जाए,
तू दिखे हर शाम मुझको कोई एसी दुआ मिल जाए,
जन्नत आधी न पूरी मांगूँ,
एक बस तू ही मेरे पास रह जाए,
फिर हँसी तेरे चेहरे की मेरी ख़ुशी बन जाए,
अरदास मांगे जो कुछ तू,
पाना उसे मेरी मंज़िल बन जाए

ये दिल मेरा तूने ही तो बनाया,
तुझसे बढ़कर अब और क्या मांगूँ,
इस दिल में तू यूंही सिमट जाए।

बड़ा जज़्बाती दिल है,
बातों से ही भर जाए,
बड़ा साहसी जिगर है
एक तरफ़ा प्यार से भी ना घबराये,
आँखें थोड़ा शरमाये
ये खिलती हैं तेरी चाहतों से,
धड़कन गोर फ़रमाए
ये चलती है तेरी साँसों से।

आइना ना देखो,
नजर लग जाएगी,
तुम खुद से भी खूबसूरत हो,
ख़ामख़ा
फिक्र बढ़ जाएगी।

मुझे तुझसे है जो
सब को दिखता है वो,
तुझसे कैसे छुपा रह गया मेरा मोह,

आज कह देती हूँ, कि इश्क़ है तुझसे
महज़ इश्क़ ही तो है,

तुझे हो न हो, दिल मेरा गोर नहीं करता
यह सुनता नहीं है मेरी, मेरे लिए अफसोस नहीं करता
पर तू हो उदास तो है हजारों मौत मरता

तेरी फरियाद में मगरूर रहता है
यह तेरा इंकार नहीं समझता
तेरी हां को नहीं तरसता

यह इश्क़ करता है तुझसे
हाँ महज़ इश्क़ ही तो है

हवा सा उड़ते हो,
दिल के भी उस्ताद हो मियां,
उसकी हर अनकही बात जो सुनते हो।

मेरे जीवन का प्रतीक

के फिक्रें लिख कर अपनी सारी,
प्ता उन्हें तेरा बता दूंगी।

तू है तो सही मेरे लिए दुनिया में,
घबराहटें फिर जो उमड़ी सीने में,
उन्हें डर-किनारा दिखा दूंगी।

तेरा पास होना ना होना मुझे खलता नहीं,
क्योंकि मुझमें तू ही तो है, तेरे लिए ही तो हूँ मैं यहाँ,
बस कभी-कभी यह दिल संभलता नहीं,
तेरी याद बहुत सताती है,
तेरी भोली हँसी भी तो बहुत याद आती है।

तू सोचता होगा मेरा वक़्त कैसे गुज़रता है,
अबे पागल, तू हर वक़्त यहीं रहता है।

मेरे पास बैठा, मुझसे बाते करता,
मेरे साथ घूमता, मेरी खिल्ली उड़ाता,
मेरी आवाज़ में मुझसे बहुत कुछ कहता रहता है,
तू यह पूछ के तू कब साथ नहीं रहता है,
मेरे लिये तो तू हमेशा पास ही रहता है।

कर्मठता है तो आजाना

प्रेम करने से,
उसे जताने-बताने
कमाने-निभाने तक,
अर्श से फर्श तक,
फलक से सनक तक,
हार ना मानने वाली हर जायज़ हद तक
मुझसे इतना निस्वार्थ स्वाभिमानी प्रेम कर सकोगे क्या?

जिज्ञासा से होकर परे, उम्मीदों पर उतरना खरे,
ऐसा सूफी इश्क समझ सकोगे क्या?

और अगर औकात नहीं तो मत आना,
किसने कहा वादा करके निभाना,
मांगा क्या मैंने तुमसे कोई हरजाना?
बस उसे सपना मान भूल जाना।

जाओ, नफरत नहीं करूँगा तुमसे,
ज़हीन हूँ, समझता हूँ,
बेगैरत ही होता है लगभग ज़माना।

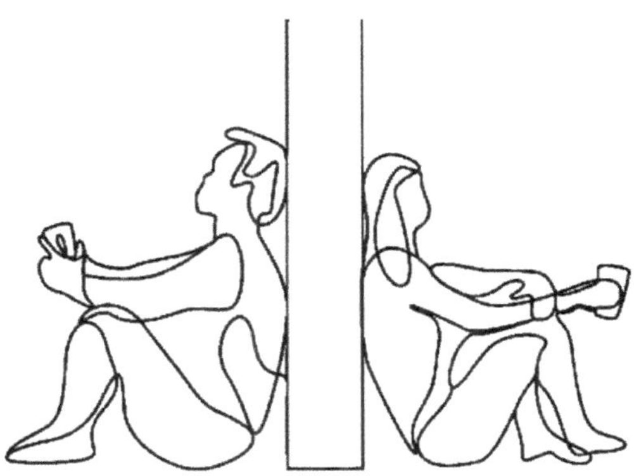

संग रहियो

तेरे गले पढ़ मुझे
तुझी से तेरी करनी है शिकायतें,
तेरे साथ-साथ चल मुझे
तुझी से करनी है बगावतें

तू हुकुम करना
मैं हक़ से मुकर जाऊँगी,
तू पलट कर रुबाब दिखाना
मैं प्यार से तुझे मनाऊँगी
कभी बेरुख़ी, कभी अल्हड़पन,
कभी पागलपन
तो कभी प्यार बेशुमार दिखाऊँगी

जब कभी तू नहीं समझेगा ज़िद्द मेरी
तो कानों में तेरे ज़ोर से चिलाऊँगी,
तू हो जितना होना है ख़फ़ा मुझसे
मैं तेरी थी, हूँ और तेरी ही कहलाऊँगी

और; जब मैं रूठ जाऊँ
तू आना मुझे हँसाने,
मैं जब-जब घबराऊँ
तू रहना मेरे सिराने

तुझसे तेरी ही घंटों बात करनी है,
उम्र भर मुझे तुझसे मुलाकातें हज़ार करनी है,
तू कितना मासूम है, के बस वफ़ा की चाहत रखता है,
मुझे तो जिंदगी तेरे नाम करनी है।

इन आग की लपटों में पिघल कर,
राख में शान से सिमट कर,
मैं वापिस अंजान कहलाऊँगा

क्या मालूम..किसी रोज़
मैं तेरे पास फिर लौट आऊँगा,

तू पहचान लेगा ना मुझको?

मुस्कुराहटों के पीछे का दर्द बता दो
गुस्से के पीछे का प्यार दिखा दो
चुप्पी के पीछे की वजह समझा दो

मैं करूँगा इंतजार तुम्हारा
तुम सही-गलत का भाव लगा लो,
भूत, वर्तमान, भविष्य का बाजार सजा लो,
नाप-तोल, अनुमान करवा लो

फिर जब हो जाए ऐतबार मुझ पर
तो दौड़ चली आना, अपना पता बताता हूँ
लो इसे संभालो

कब तक दिल की खैर मनाओगे,
ऐसा क्या शिकवा-गिला है हमसे
कब तक इश्क़ झूठलाओगे

कभी तो हटेगा दर्द का बादल,
कभी तो बात होंठों पर लाओगे,
कब तक खुदको खुदसे छुपाओगे
कभी ना कभी तो आओगे

कैसे कह दूँ तुझमें रब नहीं दिखता,
मैंने तो रब से भी कह दिया।
मुझे तेरा वजूद दिखता है,
हर पल, हर शन मेरे साथ जीता है।

तेरे रुत्बे में उसका रुबाब हर वक्त झलकता है,
इतर सा तीखा तेरा चुलबुलाना,
हवा में मानों मिश्री सा घुलता है।

माना उम्र में छोटा है पर छोटा कैसे कह दूँ तुझको,
तू तो आसमान का परिंदा है।
मेरे कर्मों का फल है, तू मेरा फ़रिश्ता है।

बोल, कैसे कह दूँ तुझमें रब नहीं दिखता।

कभी न आती ये बहार
तुम जो न होते मेरे राज़दार,

तुम हो तो ये ऋतु है
तुमसे ही है करार

गुलों में रंग मिले
राह में फूल खिलें
कदम बादलों के पार चलें
तिनका-तिनका तक फले
जब दिलों के तार लड़ें

किधर फिरते हो ये गुरूर लिए,
हमारे अशक़ों के जहाज़ तुमने
महज़ काग़ज़ समझ हवा में उड़ा दिए,
कितना संभल कर चलोगे ये सुरूर पिए,
कभी तो ठहरोगे ज़मीन पर
हसरतें मंज़ूर कीये

बताशा

एक खिलौना ऐसा
हुबहू तेरे जैसा,
ख़ुदा ने मुझसे कहा,
मरते दम तक वह मेरे साथ रहेगा हमेशा।

सभी रंगों से बेहतरीन,
उम्र में छोटा पर होगा मुझसे भी ज़्यादा ज़हीन।

तारों की काया और होगी उसकी चाँद सी माया,
और कहा था हर पहर साथ चलना तू उसके,
वही होगा तेरे जीवन सार की श्रेष्ठ छाया।

सिर्फ तेरे लिए तराशा है उसको मैंने,
अब मत कहना मुझे प्रेम नहीं तुझसे।

ज़िंदगी है अजनबी
ज़िंदगी एक फ़साना है

पर यार तू मेरा कोहिनूर , तू मेरा ख़ज़ाना है
खो दिया जो तुझको कभी, तो और क्या गवाना है

तेरे बिन हर आरज़ू मेरी, महज़ बेवजह तराना है
तू नहीं तो क्या है फिर मेरा, ना घर ना ठिकाना है

बेहतर

फूलों की भाषा में
फूलों से पूछा
के वो फूल जो देखे थे पिछले फागुन
फिर कब दिखाओगे

वो फूलों का चेहरा
फूलों का पेहरा
अबके बरस, क्या तुम सुखा चमन दिखा
हमारा दिल बहलाओगे

जवाब में मैंने, फूलों का खिलना देखा
हवा में उनके इत्र का घुलना देखा
भिन्भिन रंगों से उनका उभरना
और उनका गिरके उठना देखा
नियति का अलग प्रेम-रूप ,तरीका और सलिखा देखा

इस बरस, वो पहले से ज़्यादा सुंदर दिख रहे थे,
यही ज़िंदगी है, पहले से बेहतर।

एक दिन इत्मिनान से
अपने किस्से सुनाऊँगा तुम सबको,
शायद जो बेघर हैं
उन्हें घर मिल जाएगा।

और जो अकेले हैं,
उन्हें हमसफर मिल जाएगा।

एक तेरा हमशकल है,
जो मुझसे तेरी ढेर सारी बातें करता है,

कई राज़ खोलता है तेरे,
कई मासूमियत से दफ़न भी करता है।

और तेरे सपनों में मेरे होने का ज़िकर करता है,
बता, उम्मीद मैं न रखूं तो क्यों न रखूं।

तुझे क्या डर है, क्यों इतनी तकल्लुफ़ करता है,
बोल दे ना खुलके, जो सब अंदर लिए फिरता है।

मैं यही रहूँगी हमेशा तेरे लिए, तेरे इंतेज़ार में।

तू समय ले ले, जितना लेना है,
तू क्या मुझे ग़ैर समझता है।

मैं यही रहूँगी हमेशा तेरे लिए, तेरे इंतेज़ार में।

हर ख्वाब बेवजह है,
हाँ ग़र तू है तो, सारा का सारा जहान मेरा है

तू लौट के आ भी गया तो क्या,
अब वफा की कद्र तुझे हो भी जाए तो क्या,
ज़ाहिर है।किसीने दिल तोड़ा होगा तुम्हारा, तुम्हारी ही तरह
वरना तुम्हें हमारा पता याद कहां।

नहीं तो ना सही
मैं तेरा ही रहूँगा सदा।

जादुगर

मेरा दर्द इतना गहरा
हर तरफ़ गुमशुदगी का पेहरा,
सब से बचकर चला
इतना , कि खुद का भी साया खला,
किसी का दिया ग़म किसी पर निकाला,
जाने-अनजाने मैंने यह क्या पाप कर डाला।

दुनिया से जुदा था मैं,
अब उसी का हिस्सा हो गया,
लगता है मैं जो हकीकत में था,
वो अब किस्सा हो गया।

पहचान पाओगे मुझको , तो कहना
मैं जादुगर तो नहीं हेना?

पर जाने-अनजाने मैं कहीं गुम हो गया।

"आपको अपने बारे में जब-जब ऐसा लगता हो"
और दुनिया में आपका सबसे अज़ीज़ इंसान अगर आपको
यह बोल दे तो इस से बढ़कर और क्या बात होगी..?
और क्या मांगना बाक़ी रह जाएगा भगवान से?

मेरे अज़ीज़ ने मुझसे कहा:

गुम है तू फिल्हाल, खुद-खुदी के अंदर,
कहीं भटका तो नहीं, कहीं बहका तो नहीं,
संभल ही रहा है ना, टूटा तो नहीं,
वक़्त ले जितना लेना है.. संवर जा अंदर ही अंदर,
ज़ख़्म ही तो हैं, भर जाएँगे
चुनौतियों वाले काटें कल फूलों में बदल जाएँगे

बाहिर का चोला तू बेशक काला ही रहने दे,
भीतर छुपे रतनों को रंगों में बहने दे।
तू जादूगर है,
कुछ जादू खुद से भी छुपे रहने दे।

उल्लू का पठा ही सही,
अछायी का ढोल बजाके मेने खेला
अपने जज़्बातों का सट्टा ही सही,
दुनिया है बुरी माना, पर मैं भी कोई बालक नहीं,
सब दिखता है मुझको
फिर भी हिलने ना दी मेने अपने इमान की सुई

किसी का बुरा नहीं चाहा
जितना हो सका दिल से निभाया
दुःख सुख तो नियति है
जोह भी है जैसा भी है
मेरे इस दिल ने आज तक सच ही कही

क्या राख किसी काम की नहीं?
माटी मैं फेरो तो पौधा उग आता है
माटी का मोल बढ़ जाता है
क्या राख वास्तव में किसी काम की नहीं?

जो जेसा है वह सही है,
कुछ नहीं तो हम
कोरे तो नहीं हैं।

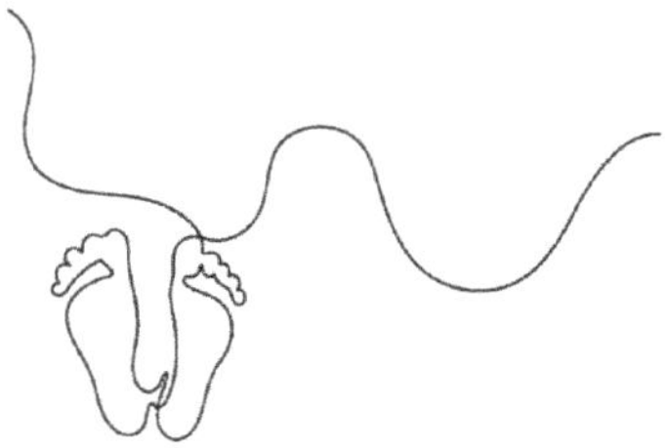

आपकी प्यारी बेटी

उम्र बड़ती हमेशा भी अच्छी नहीं लगती,
केद कर पाती जो मैं तुम्हें इस पल में
तो यह दुनिया मुझे सचमुच सचि लगती।

हो सके तो तुम रहना हमेशा मुझ संग इसी पेहर में,
थामे रखना यही रंग रूप ,जोबन,
और चल पड़ना साथ मेरे जायु मैं जिस-जिस शहर में।

मैं वादा करती हूँ, तुम्हें हमेशा ख़ुश रखूँगी,
लंबी उम्र जीत लायूँगी तुम्हारी ईश्वर से
अंतः साँस तक तुम्हारे संग रहूँगी
कोई बहँस नहीं;
तय रहा ,मैं तुम्हें पलकों पर रखूँगी।

हाँ बेटियाँ होती होंगी प्रायी दूसरों की,
पर मैं असंभव हूँ, एक ही एक हूँ दुनिया में,
तुम्हारी नायाब रचना, तुम्हारी चेष्ठा अथवा तुम्हारे जीने का सबब हूँ,
हाँ मैं कोई भ्रम नहीं, तुम्हारा आने वाला सुंदर अनुभव हूँ।

हाँ बेशक श्रृष्टि में होते होंगे बच्चे माँ बाप को पीछे छोड़ आगे बड़ जाने वाले,
अपना घर-बार और परिवार बसाने वाले,
पर मैं तो तुम्हारी अनंत रक्षक हूँ, मुझसे ना छूटेगी यह सुरक्षा की डोर,
माँ बाप का घर और मेरे अपनों के संग बिताये जाने वाले
मनमोहक रैन औ भोर।

मुझमें सब कुछ है और कुछ भी नहीं,
करुणा से भरपूर हूँ मैं और निष्ठुर भी, में ख़याल रख लूँगी तुम्हारा।
अब कोई बहँस नहीं;
तो तय रहा, बिटिया प्रायी होती हैं एसा भूल कर भी सोचना नहीं दोबारा,
तुम्हारी बेटी हमेशा तुम्हारी ही रहेगी।

मैं जब ना रहूँ,
तो मेरे लिए फूल बताशे न लाना,
हुस्न जवानी अभिमान
दौलत शोहरत तरक्की
मुझे किसी के छिन जाने का ग़म नहीं,
बस मेरा अपनों के संग
बिताए लम्हों का हिस्सा,
तू हो सके तो
कमा आना..

"शुक्रिया"

आप सबका हमारे साथ अंत तक बने रहने के लिए।

मेधा तूर

Contact:

Instagram- @toorspoetry
Email- medhatoor6@gmail.com
Youtube- TOOR FITOOR

www.ingramcontent.com/pod-product-compliance
Lightning Source LLC
LaVergne TN
LVHW052136041026
849558LV00043B/559
* 9 7 8 9 3 5 9 8 9 3 0 0 6 *